TUDO SOBRE 5 SECONDS OF SUMMER

© 2014 by Editora Nova Fronteira

Direitos de edição da obra em língua portuguesa no Brasil adquiridos pela AGIR, um selo da EDITORA NOVA FRONTEIRA PARTICIPAÇÕES S.A. Todos os direitos reservados. Nenhuma parte desta obra pode ser apropriada e estocada em sistema de banco de dados ou processo similar, em qualquer forma ou meio, seja eletrônico, de fotocópia, gravação etc., sem a permissão do detentor do copirraite.

EDITORA NOVA FRONTEIRA PARTICIPAÇÕES S.A.
Rua Nova Jerusalém, 345 – Bonsucesso – 21042-235
Rio de Janeiro – RJ – Brasil
Tel.: (21) 3882-8200 – Fax: (21)3882-8212/8313

CIP-BRASIL. CATALOGAÇÃO NA PUBLICAÇÃO
SINDICATO NACIONAL DOS EDITORES DE LIVROS, RJ

T827

Tudo sobre 5 Seconds of Summer / organização Giuliana Alonso, Carolina Chagas. - 1.ed. - Rio de Janeiro : Agir, 2014.

112 p. : il.

Inclui apêndice
ISBN 978.85.220.3316-4

1. 5 Seconds of Summer (Conjunto musical). 2. Músicos de rock - Austrália - Biografia. I. Alonso, Giuliana. II. Chagas, Carolina. III. Título.

14-16893   CDD: 927.824166
                                        CDU: 929:78.067.26

CAPÍTULO 01
INTRODUÇÃO

PARECE QUE FOI ONTEM...
E QUASE FOI MESMO!

O 5 Seconds of Summer é tão importante nas nossas vidas que fica fácil esquecer que o quarteto só se formou no fim de 2011 e tem pouquíssimos anos de existência! Hoje Michael, Calum, Luke e Ashton estão sempre presentes como amigos com quem podemos contar, não importa o que aconteça — mesmo que estejam um pouco longe de nós, fisicamente.

É normal, todo mundo que gosta dos caras se sente assim. Por exemplo: em um dia quente do verão europeu — o que normalmente quer dizer não muito quente! — uma fila gigantesca de garotas (e alguns garotos, para sermos justos) se estendia na porta da loja HMV, na Oxford Street, coração turístico de Londres. Centenas de fãs do 5SOS esperavam a chance de conhecer de pertinho os ídolos, aqueles amigos normalmente distantes.

Os quatro, claro, estavam bem escondidinhos em um andar fechado da loja — evitando confusão em um ambiente que já é supermovimentado normalmente. Na porta do elevador que levaria as meninas a eles, três seguranças de terno — e nenhum sorriso no rosto — lidavam com o bom humor das fãs. As que esperavam para ser conduzidas aos meninos estavam nervosas, mal aguentando esperar os minutos que as separavam dos quatro australianos; as não tão sortudas tentavam de tudo, cantando músicas para os seguranças e

pedindo, na cara de pau, para chegar perto dos caras. Não preciso nem dizer que não deu certo.

Do lado de fora, a fila inteira gritava quando havia alguma movimentação na janelinha do andar onde o 5SOS estava. Normalmente era só uma câmera ou um microfone, equipamentos que acompanham o grupo por todos os cantos, registrando imagens para futuros clipes, DVDs ou especiais de TV. Era só a janela abrir e a fila toda gritava, confundindo os turistas que passavam distraídos por ali.

Mas qual é o segredo do 5 Seconds of Summer? Por que eles geram essas reações nas fãs? Luke Hemmings acha que tem a ver com as músicas deles. "NÓS ESCREVEMOS TUDO. E É REAL", explicou ele. "AS PESSOAS DIZEM: 'É POP? É ROCK? O QUE É?'" Ninguém sabe o que é. Alguns acham que o 5SOS é uma boyband, outros dizem que é um grupo de rock. Isso importa? Para eles, não muito. Parece até ser uma forma de brincar com o público. "É DIVERTIDO QUANDO VOCÊ CONFUNDE AS PESSOAS", defendeu Ashton Irwin. "VEJO NA INTERNET UM CARA DE TRINTA ANOS DIZENDO: 'ELES NÃO SÃO ROCK! O BULLET FOR MY VALENTINE QUE É!' MAS A FILHA DELE PROVAVELMENTE GOSTA DA NOSSA BANDA. E AÍ ELA VAI FORMAR UMA BANDA."

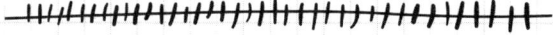

CAPÍTULO 02

DA ESCOLA PARA O MUNDO

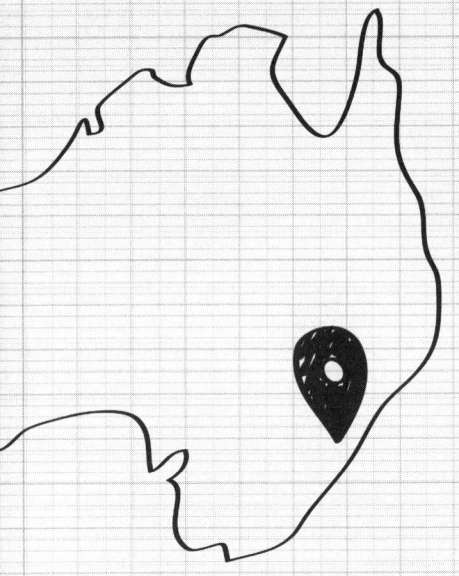

ONDE TUDO COMEÇOU

SABE RIVERSTONE, NA AUSTRÁLIA?

Pois é, pouca gente conhece essa cidade. Ela tem pouco mais de 6 mil habitantes, mas ainda assim foi onde o 5 Seconds of Summer começou. Ela tem cinco escolas: duas públicas e três particulares — e mais de duzentos anos de história. E um único shopping!

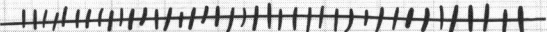

"NÃO SOMOS DE UMA REGIÃO MUITO LEGAL, NENHUM DE NÓS VEIO DE (FAMÍLIAS COM) MUITO DINHEIRO", contou Ashton sobre o ambiente em que ele e os amigos foram criados — ele em Hornsby, e Luke, Calum e Michael em um lugar próximo, chamado Riverstone, perto de Sydney. Somadas, as populações dessas duas cidades não chegam a 30 mil pessoas. Não são exatamente os locais mais animados do mundo.

Luke foi o primeiro a se interessar de forma mais séria pela música. Ouviu Good Charlotte, gostou e acabou se encantando com um violão que encontrou em casa. Ele tinha mais ou menos dez anos na época, então coube a um dos irmãos mais velhos a função de orientar os primeiros acordes (do clássico "Smoke on the Water", do Deep Purple). A dedicação foi tanta que os familiares não aguentavam mais ouvir o garoto tocando a introdução daquela música. "Eu tocava durante, tipo, umas quatro horas", disse ele anos depois, às gargalhadas.

Aos 14 anos, o repertório de Luke já era bem maior. Ele começou a postar covers acústicos de canções como "Please Don't Go", de Mike Posner, no YouTube. Como na época ele havia se mudado para uma escola nova, a Norwest Christian College, ainda não tinha muitos amigos e preferia se dedicar à música mesmo. "EU PASSAVA O INTERVALO NA SALA DE MÚSICA", disse. "MEUS COVERS ERAM MUITO RUINS. MAS, DE ALGUMA FORMA, AS PESSOAS COMEÇARAM A NOTÁ-LOS."

COM A AJUDA (INDIRETA) DE UM FAMOSO

Apesar de ter sido o irmão quem ensinou Luke a tocar guitarra, ele também teve uma ajudinha de Slash, ex-Guns N'Roses e Velvet Revolver, um dos guitarristas mais famosos de todos os tempos. Só não foi, digamos, pessoalmente. Acontece que o Luke tinha em casa o DVD *Learn to Play... Slash,* que ensina a tocar guitarra como o músico!

Um dos que estava prestando atenção era Michael. Viciado em jogos como Guitar Hero, ele migrou para um instrumento de verdade e logo se juntou a Luke nas aventuras do YouTube. Calum, que já estudava com Michael fazia tempo, acabou entrando naquilo que, até então, era uma grande brincadeira. O primeiro vídeo que Michael, Luke e Calum gravaram juntos e postaram no YouTube foi uma versão de "I Miss You", do Blink-182, com dois violões e um bongô — meio fora do ritmo, é verdade... Três minutos e vinte segundos depois, a história estava feita e a vida dos integrantes daquela nova banda começaria a mudar de vez.

O lado negativo foi que o trio teve o primeiro gosto de que nem tudo é fácil quando se faz sucesso. Com as músicas cada vez mais populares na internet, um sentimento estranho começou a surgir na escola dos meninos. "NÃO GOSTAVAM MUITO DA GENTE", contou Calum. "NO LUGAR DE ONDE VIEMOS, NÃO É NORMAL FAZER O QUE A GENTE ESTAVA FAZENDO. TALVEZ NOS ESTADOS UNIDOS SEJA NORMAL FORMAR UM GRUPO DE ROCK OU PUNK QUANDO VOCÊ É ADOLESCENTE. MAS LÁ, OU VOCÊ FAZIA ROCK PESADO OU FAZIA VERSÕES ACÚSTICAS INDIE. ENTÃO NÃO TÍNHAMOS MUITOS FÃS NA NOSSA ESCOLA."

Isso pode até ser verdade, mas alguns fãs apareciam — e dos tipos mais improváveis. O professor de música dos rapazes, Adam Day, foi um dos primeiros a apoiar os músicos. "COMECEI A ENSINAR MÚSICA A ELES QUANDO ESTAVAM NO SÉTIMO ANO. E ELES IAM MUITO BEM NA PARTE PRÁTICA — SÓ ERAM RESERVADOS, CALADOS E TÍMIDOS", relembrou Adam anos mais tarde. "ESCREVI NA PARTE DE TRÁS DO RELATÓRIO DELES QUE SERIA BOM PROCURAREM OPORTUNIDADES DE SE APRESENTAR AO VIVO, PARA FICAREM MAIS CONFIANTES. ELES CERTAMENTE FIZERAM ISSO — MAIS DO QUE QUALQUER OUTRO ALUNO PARA QUEM DEI ESSE CONSELHO!"

CONFIANÇA DESDE O COMEÇO

Mesmo quando ainda davam os primeiros passos na carreira artística, os integrantes do 5SOS já demonstravam uma confiança de dar inveja. Michael costumava dizer a quem quisesse ouvir: "UM DIA VOU SER UM MEGA-ASTRO" E "VOU SER FAMOSO. PODE ESPERAR!"

TESTE

PRESTOU ATENÇÃO?

Agora é a hora de conferir se você realmente aprendeu tudo sobre as origens do 5 Seconds of Summer. Pronta?

1. Luke aprendeu a tocar violão ao se arriscar no instrumento do irmão. Qual foi a primeira música que ele aprendeu a tocar (e que ficou repetindo à exaustão em casa)?
[a] "I Miss You", do Blink-182
[b] "Ironic", da Alanis Morissette
[c] "Kiss You", do One Direction
[d] "Smoke on the Water", do Deep Purple
[e] "Please Don't Go", do Mike Posner

2. Boa parte do 5SOS cresceu na mesma cidade, estudando no mesmo lugar. Qual é o nome da escola onde Luke, Calum e Michael estudaram?
[a] Norwest Christian College
[b] Northwest School
[c] South Wales College
[d] Australia North Conservatory
[e] Columbia High School

3. E por que Ashton não estudou na mesma escola que os outros três companheiros de grupo?
[a] Ele não estudava
[b] Como assim? Ele estudava na mesma escola, sim!
[c] Ele morava em outra cidade
[d] Porque é mais velho
[e] Ele já tinha terminado a escola

4. Qual é o nome do professor de música que ajudava e apoiava os rapazes quando eles ainda estavam começando a tocar?
[a] Jack Gleeson
[b] Anthony Night
[c] James Horn
[d] Peter Lamar
[e] Adam Day

5. Quando Luke ainda cantava sozinho e colocava as versões das músicas que gravava no YouTube, qual foi a primeira música que ele postou?
[a] "Please Don't Go", do Mike Posner
[b] "Dark Horse", da Katy Perry
[c] "Forget You", do Cee Lo Green
[d] "Moves Like Jagger", do Maroon 5
[e] "Party in the USA", da Miley Cyrus

6. O que o professor Adam Day escreveu na parte de trás do relatório dos meninos na época da escola, quando eles já estavam tocando como grupo?
[a] Que eles deveriam desistir porque eram muito ruins
[b] "Estudem mais, toquem menos. Aqui é uma escola"
[c] Aconselhou que eles tentassem marcar shows para aperfeiçoar o talento
[d] A letra de uma música, que acabou virando "She Looks So Perfect"
[e] "Vocês são ótimos! Posso ser o empresário da banda?"

SE VOCÊ ACERTOU DE 0 A 2 RESPOSTAS:
ESTÁ PRECISANDO PASSAR MAIS ALGUNS VERÕES COM OS MENINOS!

SE VOCÊ ACERTOU DE 3 A 5 RESPOSTAS:
É PARTE OFICIAL DA 5SOSFAMILY!

SE VOCÊ ACERTOU TODAS AS RESPOSTAS:
GANHOU UMA PASSAGEM DIRETA PARA O CORAÇÃO DA BANDA!

RESPOSTAS: 1-D, 2-A, 3-C, 4-E, 5-A, 6-C

CAPÍTULO 03

ENFIM, 5SOS

EM 16 DE ABRIL DE 2011, MICHAEL (AINDA SEM CABELO COLORIDO!) E CALUM POSTARAM UM VÍDEO QUE ESTABELECEU DEFINITIVAMENTE O GRUPO, COM NOME E TUDO: "OI, PESSOAL. EU SOU O MICHAEL E ESTE É O CALUM — SOMOS O 5 SECONDS OF SUMMER. OU METADE DELE, MAIS OU MENOS, PORQUE O LUKE NÃO ESTÁ AQUI AGORA. ESTÁ DE FÉRIAS EM QUEENSLAND." O vídeo pedia para os fãs assinarem o canal deles no YouTube e seguirem o então trio nas redes sociais, e também agradecia pelo apoio recebido na internet.

A oportunidade do primeiro show de verdade surgiu depois de uma proposta feita — só podia ser — pela internet. O gerente do Annandale Hotel (uma casa noturna, apesar do nome), em Sydney, entrou em contato com os meninos pelo Facebook e os convidou para uma apresentação. "CHEGAMOS ATÉ A ENSAIAR NO ESCURO, COM AS LUZES APAGADAS", contou Michael para mostrar a tensão daquele momento. "SEI QUE PARECE ESTRANHO, MAS FUNCIONOU." O ritmo de ensaios começou a ficar bem mais intenso que, por exemplo, o de estudos. Nessa época, o 5SOS chegava a praticar até quatro vezes por semana, tentando aperfeiçoar o estilo e criar músicas próprias, que queria mostrar aos fãs.

Quer chamar a atenção do Michael nas redes sociais?

"EU GOSTO QUANDO AS FÃS TIRAM FOTOS DOS GATOS DELAS COM O NOSSO DISCO!"

Só que, com a chegada da possibilidade de shows, o trio sabia que precisava resolver uma questão: quem seria o baterista? Michael se lembrou de um amigo, Ashton, e o convidou (por onde? Pelo Facebook, claro...) para assumir as baquetas. Ele também exagerou um pouquinho, dizendo que mais ou menos duzentas pessoas assistiriam ao show de estreia do 5SOS. Na realidade, dez ou vinte pessoas apareceram. "FOI UM SHOW TERRÍVEL. MAS NÓS AMAMOS", relembrou Ashton mais tarde. "SABÍAMOS QUE ERA O COMEÇO DE ALGO LEGAL PARA NÓS." Em dezembro, ele já estava no YouTube da banda assumindo o posto de integrante oficial.

Ashton se rendeu ao 5SOS, mas antes de fazer parte do grupo ele tinha algumas opiniões fortes sobre o som do trio: "TODO MUNDO CONHECIA OS CARAS QUE FAZIAM COVERS NO YOUTUBE. EU ASSISTIA AOS VÍDEOS E FICAVA PUTO, PORQUE ELES ERAM MUITO RELAXADOS NOS COVERS. FICAVAM ZOANDO E ERRAVAM AS LETRAS. EU ACHAVA QUE ELES ERAM UMA DROGA. MAS ERA DIVERTIDO DE SE VER, POR ALGUM MOTIVO. ELES TINHAM ALGUM CHARME."

O baterista foi conquistado, mas a cena musical de Sydney ainda estava em dúvida. Inicialmente, o 5SOS não foi muito bem-aceito em

OPS

NA PRIMEIRA VEZ EM QUE ASHTON FOI ENSAIAR COM A BANDA, OS MENINOS ESTAVAM JOGANDO O GAME DE FUTEBOL FIFA. QUANDO ELE DISSE QUE NÃO GOSTAVA DESSE JOGO, QUASE NÃO FOI ACEITO NO 5SOS!

um ambiente que não entendia a mistura de pop com rock. Ashton — o mais velho da banda — era mais experiente e já tinha passado por isso, tocando em grupos como Stuck in Reverse e Swallow the Goldfish. Sem contar que o pessoal de Hornsby, a cidade natal dele, também não gostava muito dessa história de bandas de rock.

Com mais uma ajudinha da internet, tudo estava prestes a mudar de forma bem mais radical.

TROLLS NA INTERNET

"ACHO QUE AS PESSOAS SEMPRE NOS DEFENDEM MUITO OU NOS ATACAM MUITO NA WEB", contou Luke em uma entrevista, falando de comentários em geral. "FUI CHECAR NOSSO CANAL DO YOUTUBE E OS FÃS SÃO LEGAIS. TEM GENTE FALANDO COISAS BOAS SOBRE NÓS. E AÍ TEM GENTE QUE... SEI LÁ... SÃO GUERREIROS DOS TECLADOS."

REALITY?
NÃO!

Quando o grupo ainda estava no começo, os rapazes chegaram a discutir a possibilidade de se inscrever em um reality show musical tipo *The Voice* ou *The X Factor*. No fim, decidiram que seria melhor não fazer isso.

SABE TUDO!

Ou ainda está treinando para conhecer absolutamente todos os detalhes sobre o 5SOS? Estas perguntas vão mostrar se você está preparada!

1. Em qual das bandas abaixo o Ashton tocou antes de se juntar ao 5 Seconds of Summer?
   - [a] Babyfish
   - [b] Stuck in Reverse
   - [c] Car Crash Country
   - [d] Love of the Loved
   - [e] 3 Hours of Winter

2. O que Ashton achava de Luke, Michael e Calum quando apenas assistia aos vídeos que eles postavam na internet?
   - [a] Ele pensava que os caras tinham charme, mas erravam demais
   - [b] Era fã desde o começo, nunca teve dúvidas
   - [c] Pensou que aquilo nunca daria certo, já que ninguém sabia tocar
   - [d] Ele nunca tinha visto um vídeo do trio antes de entrar para o 5SOS
   - [e] Não gostava das músicas que eles escolhiam, achava o repertório fraco

3. Como o Michael convidou o Ashton para entrar na banda?
   - [a] Pelo Whatsapp
   - [b] Mandou um SMS
   - [c] Ele telefonou
   - [d] Pelo Facebook
   - [e] Por e-mail

4. Onde o Luke estava passando férias quando o Michael e o Calum anunciaram no YouTube que o nome da banda deles seria 5 Seconds of Summer?
   - [a] Sydney
   - [b] Londres
   - [c] Queensland
   - [d] Melbourne
   - [e] Rio de Janeiro

5. Qual é o nome do primeiro lugar (fora da escola) onde o 5 Seconds of Summer se apresentou ao vivo?
[a] Hotel California
[b] Annandale Hotel
[c] Norwest Pub
[d] O2 Arena
[e] Teatro Municipal de Annandale

6. Ninguém sabe o número exato, mas mais ou menos quantas pessoas assistiram à primeira apresentação ao vivo do 5 Seconds of Summer (que também foi a estreia do Ashton na bateria)?
[a] Entre 1500 e 2500
[b] De 12 a 20
[c] Menos de 200, mais de 100
[d] Três
[e] Umas 90

SE VOCÊ ACERTOU DE 0 A 2 RESPOSTAS: SEU CORAÇÃO ESTÁ NO LUGAR CERTO. MAS PRECISA SE DEDICAR MAIS!

SE VOCÊ ACERTOU DE 3 A 5 RESPOSTAS: DEU ALGUMAS ESCORREGADAS. MAS ESTÁ DE OLHO NOS MENINOS. MUITO BEM!

SE VOCÊ ACERTOU TODAS AS RESPOSTAS: ASSIM NÃO SOBRA CALUM, ASHTON, LUKE E MICHAEL PRA MAIS NINGUÉM!

RESPOSTAS: 1-B, 2-A, 3-D, 4-E, 5-A, 6-C

INSPIRAÇÃO

O nome 5 Seconds of Summer surgiu em um momento pelo qual todos nós já passamos: uma aula chata de matemática.

Michael já disse — brincando, esperamos — que outros nomes considerados foram Bromance e The Powerpuff Blokes.

CAPÍTULO 04

SUCESSO()!

"SABE, SOMOS GRATOS POR TER- MOS CONSEGUIDO TUDO ISSO", disse Calum sobre o sucesso do 5 Seconds of Summer. "MÚSICA É TUDO PARA NÓS. TEMOS MUITA SORTE DE ESTARMOS AQUI." É claro que ele estava sendo modesto. A sorte foi, sim, um fator que ajudou o quarteto — mas sem talento eles não atrairiam tanta gente interessada em ajudá-los e a trabalhar com eles.

A mais importante dessas pessoas talvez tenha sido Adam Wilkinson, que trabalhava no Studio 301, em Sydney. Os rapazes passaram por lá para conhecer o local, e no começo de 2012 Adam entrou em contato com eles para se tornar empresário do 5SOS. Foi ele quem deu ainda mais exposição ao trabalho do grupo, o que fez com que Matt Emsel, da Wonder Management, se interessasse e se tornasse coempresário, responsável pela atuação internacional da banda.

Nesse período, eles trabalharam no EP *Unplugged* e caíram na estrada, abrindo os shows do Hot Chelle Rae. Tudo isso foi essencial para que pudessem aperfeiçoar o som do 5SOS — e ainda garantiu o papel de banda de abertura em uma turnê australiana do Hot Chelle Rae.

Com um empurrãozinho de Christian Lo Russo e Joel Chapman (do grupo australiano Amy Meredith), eles voltaram a escrever e logo tinham pronto o segundo EP, *Somewhere New*, lançado em dezembro de 2012.

DE SURPRESA

As fãs americanas passaram horas e horas na fila para comprar entradas para o primeiro show solo do 5 Seconds of Summer em Los Angeles. Valeu a pena? Claro que sim! Quando as bilheterias abriram, quem estava lá vendendo os ingressos pessoalmente? Calum, Luke, Ashton e Michael. Isso é que é surpresa boa...

A PERFEIÇÃO
TEM UM CUSTO

NÃO É À TOA QUE O CABELO DO LUKE ESTÁ SEMPRE PERFEITO: ele carrega uma escova para todos os lados. Quem tem a honra de cuidar do visual do 5SOS é Lou Teasdale, a mesma stylist do One Direction.

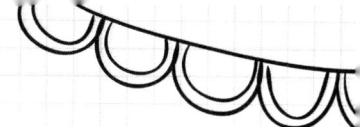

As coisas pegaram fogo mesmo quando os meninos foram para Londres, onde puderam conhecer e escrever canções com o pessoal do McFly, Busted e Nick Hodgson (do Kaiser Chiefs). E as boas vibrações britânicas não pararam por aí: no começo de 2013, os meninos do One Direction anunciaram que o 5 Seconds of Summer sairia em turnê com eles!

Antes do fim daquele mesmo ano, a gravadora Capitol Records assinou um contrato com o 5SOS e os australianos começaram a pensar no disco de estreia na hora, sem tempo nem para respirar. Nadinha mesmo: em 2014 eles já voltariam para a estrada com o 1D, passando por Estados Unidos, vários países da Europa e Canadá.

A fama já estava crescendo de uma forma impressionante. "She Looks So Perfect", a primeira música de trabalho do ainda inédito disco de estreia, chegou ao topo das paradas de 39 países *antes mesmo de ser lançada*, só com a pré-venda!

E tudo parecia estar a favor do grupo: na estreia na TV americana, tocando na premiação Billboard Music Awards, os rapazes chamaram a atenção de milhões de pessoas que antes não conheciam o som deles.

Como nem tudo na vida é perfeito, essa apresentação também marcou o 5SOS de uma forma não muito elogiosa: Luke escolheu vestir uma camiseta do grupo de horror punk Misfits (procure no YouTube: "Die, Die My Darling" e "Last Caress") e muita gente achou aquilo meio estranho. Jornalistas especializados em música correram para as redes sociais para zoar o cara — e até a Hayley Williams, do Paramore, se meteu na história, embora logo tenha dito que não poderia julgar, já que o Luke talvez fosse fã da banda. Mais tarde, o próprio Luke admitiu que só achava a camiseta legal mesmo. De qualquer maneira, é bom lembrar que, se ele não foi influenciado diretamente pelo Misfits, as músicas da banda foram essenciais para as carrei-

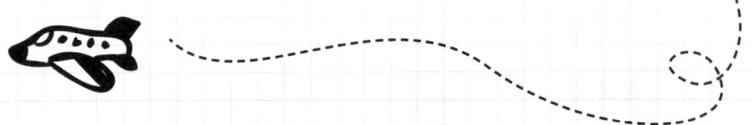

ras de outros artistas — como Green Day e Blink-182 — que tiveram impacto na sonoridade do 5SOS. Ou seja, afinal aquela camiseta não estava tão deslocada assim...

Fora esse pequeno mal-entendido, enfim, o verdadeiro sucesso chegou. Fama, fãs... E dinheiro? Não é pra tanto. "AS PESSOAS NÃO COMPRAM TANTA MÚSICA QUANTO ANTES", disse Luke quando alguém perguntou se eles estavam ricos. "É DIFÍCIL SER UM SUCESSO. VOCÊ TEM QUE SER MUITO GRANDE." Mikey contou que ficava feliz em simplesmente ser conhecido, em especial nos Estados Unidos, tão distante da Austrália. "É MARAVILHOSO. QUANDO COMEÇAMOS, IMAGINEI QUE OS EUA FOSSEM INALCANÇÁVEIS. NO COMEÇO DE UMA BANDA, VOCÊ MEIO QUE FAZ POR DIVERSÃO. NÃO TEM COMO SABER O QUE VAI ACONTECER."

MUITAS FAMS

Sabe quantos visualizações teve o clipe de "She Looks So Perfect" nas primeiras 24 horas em que foi liberado na internet? Mais de um milhão!

CHEGA DE DIVIDIR!

Depois de viajar abrindo apresentações do Hot Chelle Rae e do One Direction, chegou a hora do 5 Seconds of Summer brilhar sozinho. E demorou! Em 2014, os rapazes fizeram uma mini-turnê apelidada de Viva 5SOS, passando pelo México e duas cidades americanas, Phoenix e Los Angeles.

Mas em 2015 a coisa fica séria, com a chegada, em maio, da Rock Out With Your Socks Out Tour, que tem shows confirmados em Portugal, Inglaterra, Espanha, Itália, Dinamarca, Suécia, Holanda, França, Nova Zelândia e Austrália — e essa nem é a lista completa de países!

Entre julho e setembro, o quarteto roda os Estados Unidos. Depois disso... Será que dá para começar a sonhar com uma passagem pelo Brasil?

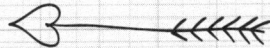

CADA VEZ MAIS LONGE

O 5SOS foi crescendo e explodiu rapidamente. Você está prestando atenção na história do grupo? Tire a dúvida com as questões abaixo!

1. Qual é o nome do estúdio que o 5 Seconds of Summer visitou em Sydney e no qual acabou conhecendo o primeiro empresário da banda, Adam Wilkinson?
[a] 311Studios
[b] Estúdio-182
[c] 051Recordings
[d] 2222Complex
[e] Studio 301

2. Quando os meninos saíram em turnê pela primeira vez, foi abrindo o show de um trio americano. Qual é o nome desse grupo?
[a] Hot Chelle Era
[b] Blink-182
[c] One Direction
[d] Love on Fire
[e] Austin Jane

3. *Unplugged* foi o primeiro EP do 5SOS. Qual o nome do segundo e qual foi o primeiro single do grupo, tirado desse trabalho?
[a] Somewhere New / "She Looks So Perfect"
[b] Unplugged 2 / "Amnesia"
[c] Somewhere New / "Out of My Limit"
[d] 5 Seconds of Summer / "Out of My Limit"
[e] Don't Stop / "Somewhere New"

4 . Ainda na pré-venda, **"She Looks So Perfect"** chegou ao topo das paradas da loja do iTunes em quantos países ao redor do planeta?
- [a] 39
- [b] 3
- [c] Só 1
- [d] 5
- [e] Nenhum

5 . A vocalista de uma banda famosa entrou no coro de pessoas que criticaram o Luke quando ele usou uma camiseta do Misfits em uma apresentação na televisão. Qual o nome do grupo dela?
- [a] No Doubt
- [b] Pussycat Dolls
- [c] Destiny's Child
- [d] Busted
- [e] Paramore

6 . Depois de assinar um contrato de gravação com a Capital Records, o 5SOS viajou pela Europa e América do Norte abrindo uma turnê do One Direction. Qual era o nome dessa série de shows?
- [a] Take Me Home Tour
- [b] Unplugged
- [c] Best of Both Worlds
- [d] We Are Who We Are
- [e] Amnesia

SE VOCÊ ACERTOU DE 0 A 2 RESPOSTAS: ESTÁ QUASE LÁ!

SE VOCÊ ACERTOU DE 3 A 5 RESPOSTAS: SACA TUDO!

SE VOCÊ ACERTOU TODAS AS RESPOSTAS: É A MELHOR!

RESPOSTAS: 1-E, 2-A, 3-C, 4-A, 5-E, 6-A

TESTE – CALUM

O QUANTO VOCÊ SABE SOBRE
O MAIS BRASILEIRO — AFINAL,
ELE JÁ PASSOU POR AQUI! —
DOS INTEGRANTES DO 5SOS?

1. O Calum é aquariano. Em que mês ele nasceu?
[a] Dezembro
[b] Março
[c] Janeiro
[d] Abril
[e] Outubro

2. Calum é o nome dele, Hood é o sobrenome. Mas qual é o segundo nome dele?
[a] Thomas
[b] Richard
[c] Clarke
[d] Romeo
[e] Fabrice

3 . Antes do 5 Seconds of Summer explodir, o Calum passou um tempinho no Brasil (!). O que ele veio fazer aqui?
- [a] Estudar português, já que ele queria se formar em letras
- [b] Ele tocava em uma banda que passou pelo Rio
- [c] Durante uma viagem para a Argentina, o voo dele fez escala em São Paulo
- [d] Ele veio jogar futebol
- [e] A mãe dele é aeromoça, ele veio com ela durante suas férias

4 . Verdadeiro ou falso: Calum acha que misturar abacaxi com presunto é uma boa ideia.
| verdadeiro | | falso |

RESPOSTAS:

1-C, 2-A, 3-D, 4-V

CAPÍTULO 05

UM EMPUR-RÃOZINHO DO 1D

o o o o o o o o o o o

SÓCIOS?

A revista *Billboard* apurou uma coisa interessante sobre a relação do One Direction com o 5 Seconds of Summer: além de amigo, o 1D é dono do 5SOS! Como assim? Simples: além de ser uma banda, o quarteto é uma empresa — e os britânicos são donos de metade dessa firma.

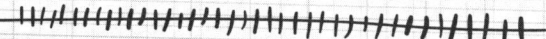

A RELAÇÃO ENTRE O 5SOS E O ONE DIRECTION COMEÇOU VIRTUALMENTE, quando Louis Tomlinson e Niall Horan viram os vídeos dos australianos no YouTube e postaram mensagens de apoio no Twitter, em novembro de 2012, dando link para uma versão acústica de "Gotta Get Out".

Só que ninguém esperava que essa admiração renderia muito mais — quando o convite para abrir os shows da turnê Take Me Home chegou em 2013, a surpresa foi geral. "ACHÁVAMOS QUE O 1D CHAMARIA ALGUÉM QUE JÁ TIVESSE SE APRESENTADO EM ESTÁDIOS ANTES", contou um admirado Ashton. E Luke completou: "MAS É LEGAL VER QUE ELES ACREDITAM EM NÓS."

Curiosamente, o 5SOS recebeu o convite com certa dúvida. Os integrantes não tinham certeza de que aquele seria o melhor caminho para eles, já que prefeririam evitar a associação com o mundo das boybands. "MEIO QUE PENSEI: 'É UMA PIADA?'", relembrou Calum a respeito do convite mais tarde.

Luke foi o primeiro a recusar a oferta, mas o equilíbrio e a visão de Ashton acabaram vencendo as barreiras internas do grupo. "EU SOU O CARA QUE VÊ A IMAGEM GERAL DAS COISAS", explicou ele. "SABE, SE FIZERMOS ISTO, PODE NOS LEVAR POR AQUELE CAMINHO. FIQUEI, TIPO: 'CARAS, SÃO ARENAS. (VAMOS TOCAR PARA) 20 MIL PESSOAS POR DIA, DURANTE UM ANO.' ELES TINHAM MEDO DE QUE FÔSSEMOS ROTULADOS COMO O

NOVO ONE DIRECTION." Luke achava que a ideia poderia limitar o universo da banda. "DEFINITIVAMENTE NÃO QUERÍAMOS SER CHAMADOS DE 'O ONE DIRECTION AUSTRALIANO'."

No fim, tudo deu certo: o 5SOS viajou o mundo com o 1D — não só na turnê Take Me Home, mas também na Where We Are, de 2014. A comparação com os britânicos e, consequentemente, com as boybands foi inevitável, mas o quarteto aprendeu bastante com Harry, Liam, Louis, Niall e Zayn. "A ÉTICA DELES NO TRABALHO. A FORMA COMO TRABALHAM DURO E TRATAM A EQUIPE DELES. É SIMPLESMENTE INCRÍVEL", contou Luke. "ACHO QUE É MUITO IMPORTANTE TER UM BOM TIME À SUA VOLTA. SÃO ESSAS PESSOAS QUE VÃO FAZER VOCÊ SE DEDICAR AO MÁXIMO. ENTÃO VOCÊ PRECISA TRATÁ-LAS BEM."

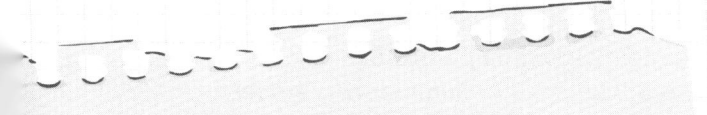

SEM PREOCUPAÇÕES

Logo na primeira vez em que o 5SOS teve um ônibus de turnê nos Estados Unidos, Luke se empolgou um pouco demais. Eles conheceram o motorista e, meia hora depois, o músico foi flagrado pelo cara enquanto corria nu pelo ônibus. Você acha que o Luke se intimidou? "FOI ENGRAÇADO", contou ele mais tarde.

ANTES DO SHOW

Toda banda tem seus rituais antes de subir no palco para um show, e o 5 Seconds of Summer não é diferente. Eles gostam de escovar os dentes antes do show, de fazer exercícios de alongamento ou até de escutar música. O Ashton come uma banana e toma uma lata de Sprite.

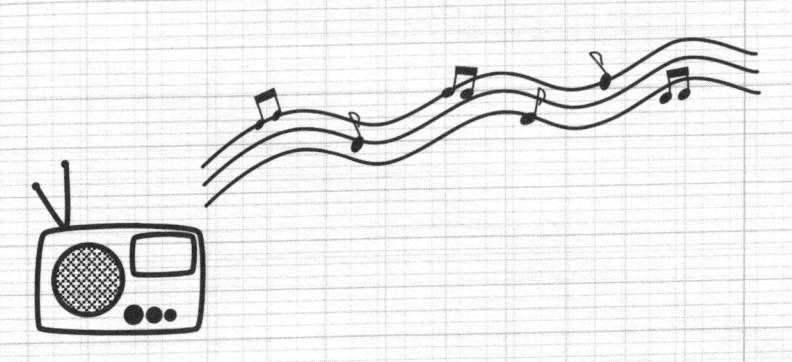

NOVO ONE DIRECTION." Luke achava que a ideia poderia limitar o universo da banda. "DEFINITIVAMENTE NÃO QUERÍAMOS SER CHAMADOS DE 'O ONE DIRECTION AUSTRALIANO'."

No fim, tudo deu certo: o 5SOS viajou o mundo com o 1D — não só na turnê Take Me Home, mas também na Where We Are, de 2014. A comparação com os britânicos e, consequentemente, com as boybands foi inevitável, mas o quarteto aprendeu bastante com Harry, Liam, Louis, Niall e Zayn. "A ÉTICA DELES NO TRABALHO. A FORMA COMO TRABALHAM DURO E TRATAM A EQUIPE DELES. É SIMPLESMENTE INCRÍVEL", contou Luke. "ACHO QUE É MUITO IMPORTANTE TER UM BOM TIME À SUA VOLTA. SÃO ESSAS PESSOAS QUE VÃO FAZER VOCÊ SE DEDICAR AO MÁXIMO. ENTÃO VOCÊ PRECISA TRATÁ-LAS BEM."

SEM PREOCUPAÇÕES

Logo na primeira vez em que o 5SOS teve um ônibus de turnê nos Estados Unidos, Luke se empolgou um pouco demais. Eles conheceram o motorista e, meia hora depois, o músico foi flagrado pelo cara enquanto corria nu pelo ônibus. Você acha que o Luke se intimidou? "FOI ENGRAÇADO", contou ele mais tarde.

ANTES DO SHOW

Toda banda tem seus rituais antes de subir no palco para um show, e o 5 Seconds of Summer não é diferente. Eles gostam de escovar os dentes antes do show, de fazer exercícios de alongamento ou até de escutar música. O Ashton come uma banana e toma uma lata de Sprite.

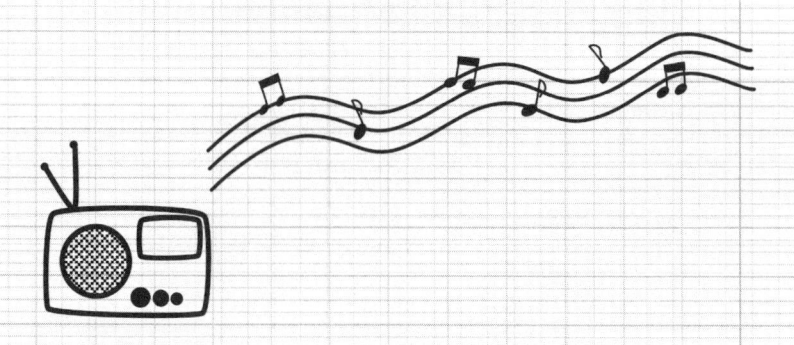

ORGULHO MATERNO

Quando o 5 Seconds of Summer se apresentou com o 1D na Wembley Arena, local de shows históricos em Londres, os meninos levaram as mães como convidadas especiais. É ou não para morrer de fofura?

PEDIDOS ESPECIAIS

Entre as coisas que não podem faltar no camarim do 5SOS, três são essenciais: água, leite com achocolatado e o energético Red Bull.

TESTE – LUKE

SEM ELE, NÃO HAVERIA 5SOS.
É POSSÍVEL NÃO SABER TUDO
SOBRE O LUKE?

----

1. O Luke gosta tanto de um certo bicho que até usa o nome dele na conta do Instagram. Que animal desperta tamanha paixão nele?
[a] Cachorro
[b] Gato
[c] Pinguim
[d] Cobra
[e] Hipopótamo

2 . Qual é o signo do Luke?
- [a] Câncer
- [b] Capricórnio
- [c] Peixes
- [d] Sagitário
- [e] Escorpião

3 . Qual dessas comidas não pode faltar no dia a dia do Luke?
- [a] Pipoca
- [b] Cheetos
- [c] Chicletes
- [d] Kit Kat
- [e] Batata frita

4 . Verdadeiro ou falso: foi Luke quem começou a postar vídeos musicais no YouTube, dando origem ao 5SOS. Mas a ideia inicial dele era formar uma banda com o irmão mais velho, ao estilo do Hanson e do Jonas Brothers.
[verdadeiro]   [falso]

RESPOSTAS:

1-C, 2-A, 3-B, 4-F

CAPÍTULO 06

QUEM É QUEM

★ ★ ★ ★

5 SECONDS OF SUMMER

TWITTER: @5sos
INSTAGRAM: @5sos
TUMBLR: 5sos-official.tumblr.com
YOUTUBE: /user/5sosvevo
ou /user/5secondsofsummer ou /user/hemmo1996/
SOUNDCLOUD: /5-seconds-of-summer
FACEBOOK: /5secondsofsummer
SITE: http://www.5sos.com/

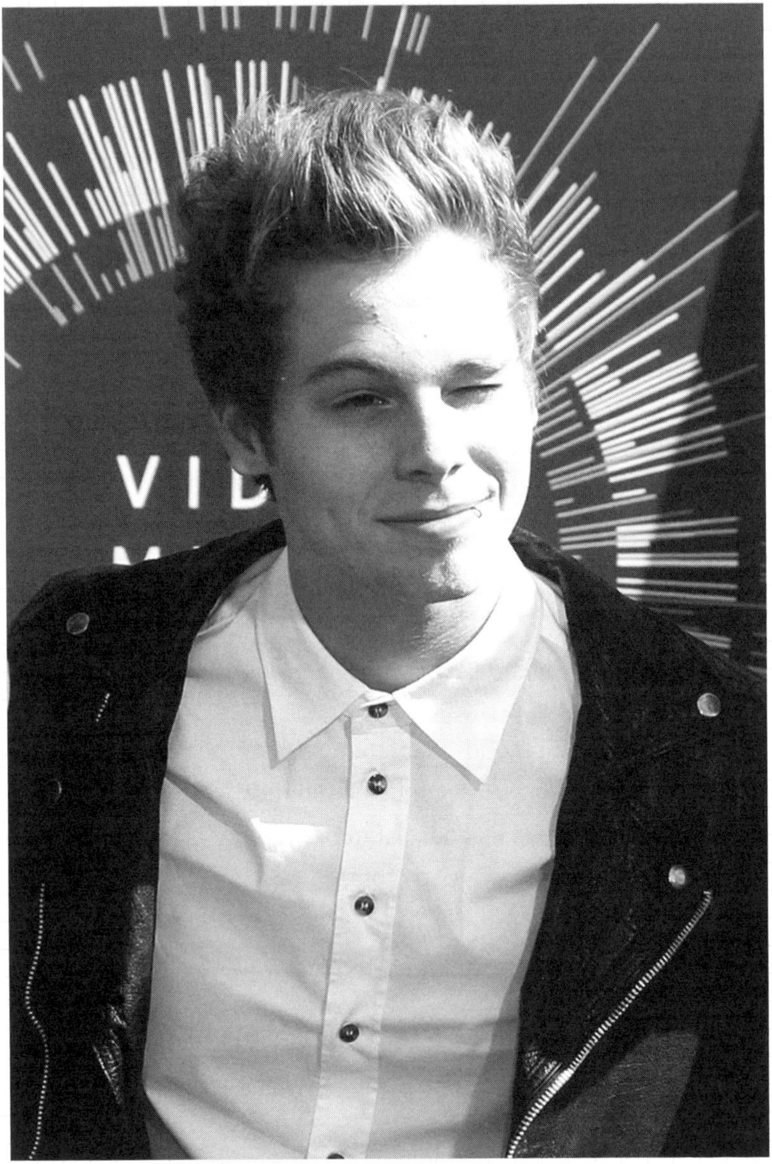
VID

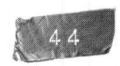

LUKE ROBERT HEMMINGS

(GUITARRA, VOCAL)

Nasceu em 16 de julho de 1996. É canceriano.

TWITTER: @Luke5SOS

INSTAGRAM: @Luke_is_a_penguin

NO CINEMA, ELE GOSTA DE: Mila Kunis, *17 outra vez* (2009), *O âncora — a lenda de Ron Burgundy* (2004).

COMIDA: Pizza de pepperoni, sorvete sabor cookies & cream, Cheetos.

SURPRESA: Os outros integrantes dizem que ele é quem solta mais puns!

ESPORTISTA

O Luke gosta muito de jogar futebol, andar de skate e de praticar snowboarding.

FAMÍLIA

Os pais de Luke se chamam Liz e Andrew, e ele tem dois irmãos, Jack e Ben.

COMEÇO TENSO

"NÓS NOS ODIAMOS DURANTE UM ANO", disse Luke sobre quando conheceu Michael. De uma forma que ninguém sabe explicar direito até hoje, no ano seguinte eles se tornaram grandes amigos.

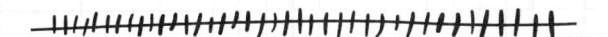

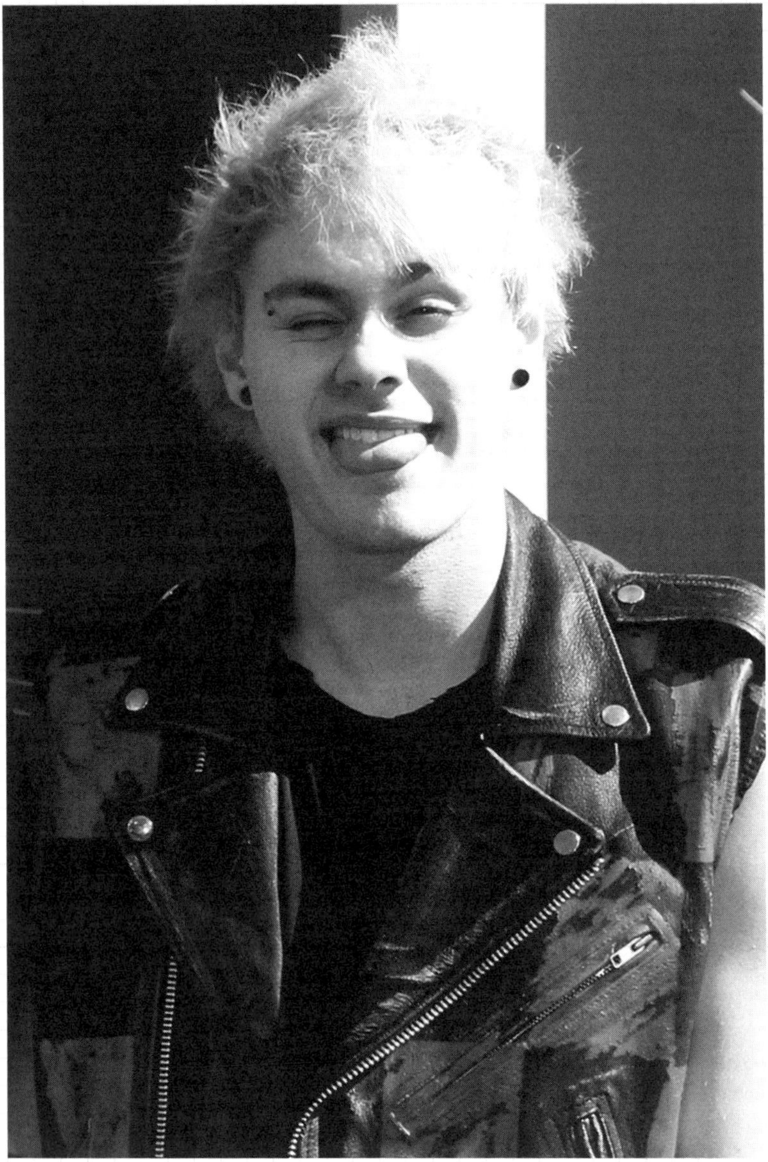

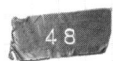

MICHAEL "MIKEY" GORDON CLIFFORD

(GUITARRA, VOCAL)

Nasceu em 20 de novembro de 1995. É escorpiano.

TWITTER: @Michael5SOS

INSTAGRAM: @MichaelGClifford

NO CINEMA, ELE GOSTA DE: *Forrest Gump — O contador de histórias* (1994), *Camp Rock* (2008), *Frozen — Uma aventura congelante* (2013).

COMIDA: McDonald's, chocolate Twirl, paparis (um pão indiano).

SURPRESA: O primeiro show ao qual ele foi? O primeiro show do 5SOS.

ROMANTISMO

Michael diz ser o romântico do grupo — ele curte cantar para as garotas nos encontros! E ele também já disse não ter preferência por loiras, morenas ou ruivas — todas o agradam!

FÃ DE ANIME

Michael adora televisão, mas ele gosta mesmo de desenhos animados japoneses como *Dragon Ball Z* e *Pokémon*. Será que é daí que ele tira inspiração para as cores de cabelo?

EXPLOSÃO DE CORES

Michael adora mudar a cor do cabelo, mas nem ele sabe direito o motivo. **"É COMO SE FOSSE UMA RODA COM AS CORES. EU SIMPLESMENTE GIRO E PINTO NA COR QUE CAIR"**, explicou ele sobre o processo de seleção da próxima cor.

06. QUEM É QUEM

CALUM THOMAS HOOD

(BAIXO, VOCAL)

Nasceu em 25 de janeiro de 1996. É aquariano.

TWITTER: @Calum5SOS

INSTAGRAM: @CalumHood

NO CINEMA, ELE GOSTA DE: *Monstros S.A.* (2001), Channing Tatum, Jessica Alba.

COMIDA: Pizza de abacaxi com presunto. (É sério!)

SURPRESA: Ele quase foi jogador de futebol profissional, tendo passado inclusive — atenção! — uma temporada jogando no Brasil!

NÃO, NÃO!

Muita gente acha que o Calum tem ascendência asiática, mas ele não tem! Esse é inclusive um assunto que o irrita um pouco. A mãe dele é da Nova Zelândia e o pai é escocês — e ele foi batizado com um nome que é bem tradicional na Escócia!

NO SANGUE

A irmã de Calum, Mali-Koa, é cantora. Ela já até participou da versão australiana do programa *The Voice*.

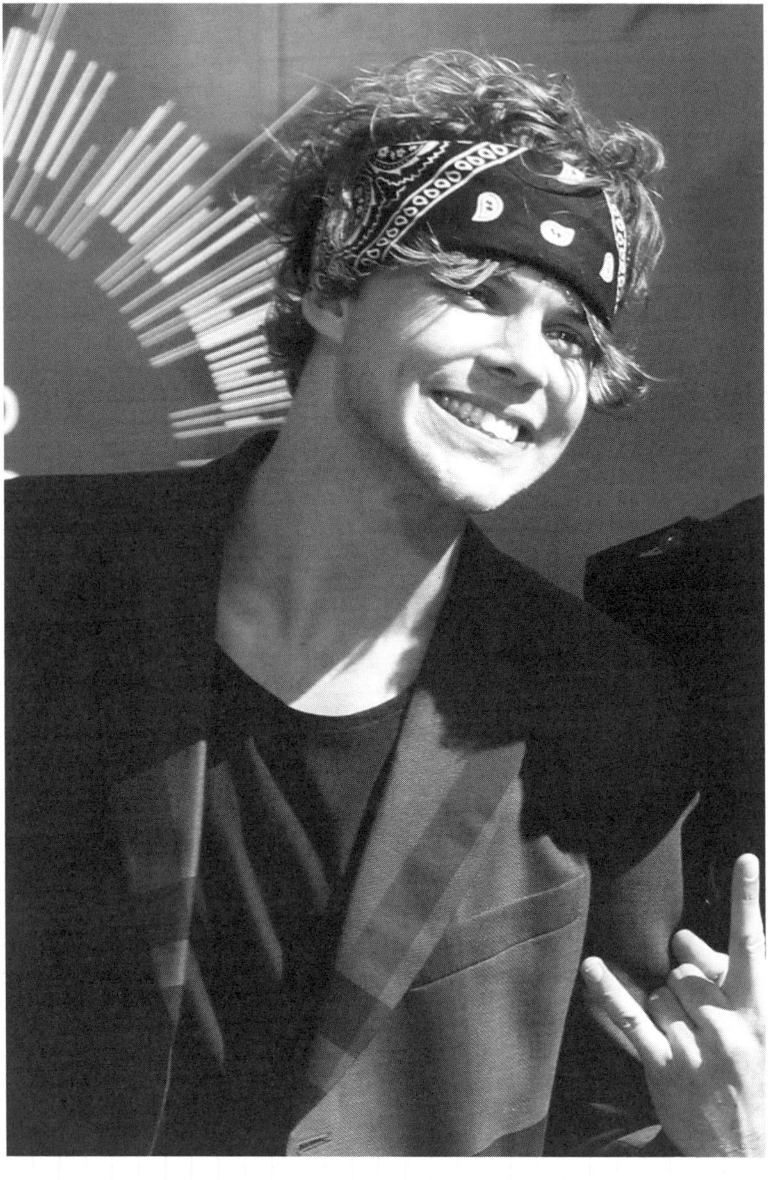

ASHTON FLETCHER IRWIN

(BATERIA, VOCAL)

Nasceu em 7 de julho de 1994. É canceriano.

TWITTER: @Ashton5SOS

INSTAGRAM: @AshtonIrwin

NO CINEMA, ELE GOSTA DE: Will Smith e *À procura da felicidade* (2006).

COMIDA: Cupcakes. E Ashton já disse que, se tivesse de escolher uma fruta para comer pelo resto da vida, seria banana.

SURPRESA: Ele tem medo de agulhas.

TALENTOSO

ALÉM DA BATERIA, ASHTON SABE TOCAR GUITARRA, SAXOFONE E PIANO!

ESCÂNDALO!
E BOM HUMOR

Agosto de 2014 é um mês que Calum não vai esquecer tão cedo. Ele mandou um arquivo para uma garota não identificada pelo Snapchat, aquele app que deleta a mensagem automaticamente... Mas quem recebeu foi mais esperta e gravou o conteúdo: um vídeo de 6 segundos dele mostrando, hum, mais do que deveria!

Claro que as imagens se espalharam feito fogo pela web. E se todo mundo esperava alguma reação de raiva, ele foi positivo ao comentar o ocorrido no Twitter: "AINDA SOU SÓ UM ADOLESCENTE APRENDENDO COM OS MEUS ERROS." E ainda tirou um barato: "PELO MENOS AGORA VOCÊS SABEM A APARÊNCIA DELE!" O "ele" sendo, bem, você sabe...

DEU BOBEIRA

Não foi tão grave quanto a escorregada do Calum, mas em setembro de 2014 o Luke postou uma foto no Twitter. Até aí, tudo bem — se a imagem não o mostrasse nu, de costas! Ele logo tentou apagar a foto, mas um monte de gente já tinha salvado a imagem.

TESTE – ASHTON

O ÚLTIMO A ENTRAR, MAS NEM POR ISSO O MENOS IMPORTANTE. VAMOS COMPENSAR O TEMPO PERDIDO TESTANDO NOSSO CONHECIMENTO SOBRE O ASHTON?

1. Verdadeiro ou falso: Ashton é o mais novo entre os integrantes do 5 Seconds of Summer. Ele demorou para entrar na banda porque ainda tinha algumas provas na escola e não podia faltar às aulas.
[verdadeiro]   [falso]

2. Ashton faz aniversário em julho, o mesmo mês que:
[a] Michael
[b] Calum
[c] Luke
[d] Ninguém mais na banda
[e] Todos! Incrivelmente, a banda toda faz aniversário em julho

3. Um dos atores preferidos do Ashton é o Will Smith. Qual destes filmes de Smith é o que ele mais gosta?
- [a] Eu, robô
- [b] Independence Day
- [c] MIB: Homens de preto
- [d] À procura da felicidade
- [e] À procura de um milagre

4. Ele é um cara de amores (Banana! Cupcakes!) e medos. Um medo que o Ashton tem está listado abaixo. Qual é ele?
- [a] Agulhas
- [b] Abelhas
- [c] Baratas
- [d] Ratos
- [e] Dentista

RESPOSTAS:

1-F, 2-C, 3-D, 4-A

CAPÍTULO 07

AMIGOS E INFLUÊNCIAS

GREEN DAY

É possível que o trio liderado por Billie Joe Armstrong seja a maior influência do 5 Seconds of Summer. O grupo foi formado no fim dos anos 1980, na Califórnia, e explodiu mundialmente com o álbum *Dookie* (1994), a estreia deles com uma gravadora grande. Foram eles que abriram as portas para uma série de grupos com uma pegada mais punk e ao mesmo tempo com apelo pop, exatamente o tipo de som pelo qual o 5SOS quer ser reconhecido atualmente.

Depois da explosão nas paradas como músicas bombásticas tipo "She" e "Welcome to Paradise", o Green Day ainda se reinventou como banda de protesto com o bem-sucedido *American Idiot* (2004), que tinha letras sobre a situação política e social dos Estados Unidos depois dos atentados terroristas de 11 de setembro de 2001. O disco acabou até virando um elogiado espetáculo da Broadway, do qual Billie Joe participou em sua estreia como ator. "COMECEI A OUVIR GREEN DAY COM AMERICAN IDIOT", explicou Luke, que de vez em quando é visto com camisetas da banda. "É MUITO LEGAL QUANDO VOCÊ DESCOBRE UMA BANDA E AINDA TEM OS DISCOS ANTIGOS PARA OUVIR, ALÉM DE ESPERAR PELOS NOVOS. FOI UMA ÉPOCA ESQUISITA PARA COMEÇAR A GOSTAR DO GREEN DAY."

Ashton começou a gostar da banda na mesma época: o bombástico ao vivo *Bullet in a Bible* (2005) foi o primeiro álbum que ele comprou. E sabe quando a letra de "She Looks So Perfect" diz "FIZ UMA

MIXTAPE VINDA DIRETO DE '94'?" Ashton já confessou que essa seleção de músicas certamente teria "um pouco de Green Day".

Se você ainda não se convenceu da influência do Green Day no som do 5 Seconds of Summer, basta procurar a versão impecável e destruidora que eles fizeram de "American Idiot", lançada originalmente em um CD da revista britânica *Kerrang!*, mas atualmente disponível no YouTube. Ou se lembrar da citação feita na letra de "Long Way Home": "GREEN DAY ESTÁ TOCANDO NO RÁDIO E TUDO ESTÁ BEM."

BLINK-182

"I Miss You", do álbum *Blink-182* (2003), foi a primeira música que Calum comprou na vida — ou seja, dá para imaginar como a banda é importante na vida musical dele. Quando o 5SOS ainda estava gravando covers acústicos para postar no YouTube, essa canção foi uma das escolhidas (e teve quase 1 milhão de views!).

"SABE, A MINHA MÃE GOSTA DE BLINK-182", confessou Ashton sobre o trio, que ele vê como uma inspiração, uma banda que consegue extrapolar barreiras sonoras e conquistar vários públicos diferentes. "ELA NÃO GOSTA DE POP-PUNK, MAS GOSTA DO BLINK-182. NÃO ACREDITO QUE UM OBJETIVO ASSIM SEJA TÃO INALCANÇÁVEL."

GOOD CHARLOTTE

O quinteto americano de pop-punk foi formado no meio dos anos 1990, mas chegou aos ouvidos do 5SOS quando Luke comprou o segundo álbum deles, *The Young and the Hopeless* (2002), que tem sucessos como "Life Styles of the Rich and Famous" e "Anthem". "ACHO QUE COMPREI PORQUE A CAPA ERA LEGAL E O BENJI TINHA UM CABELO RIDÍCULO", explicou o músico, citando o visual do guitarrista — um cabelo todo espetado que realmente era muito estranho! "ESSE FOI MEU DISCO PREFERIDO DURANTE MUITO TEMPO. TOCOU BASTANTE NO MEU DISCMAN."

O círculo se fechou quando Benji e o irmão (e companheiro de banda no Good Charlotte), Joel, ajudaram a compor "Amnesia", o terceiro single do disco *5 Seconds of Summer*. "ELES FORAM A MINHA PRIMEIRA OBSESSÃO", contou Luke, que sempre diz que começou a tocar guitarra por causa do Good Charlotte. "O PRIMEIRO ÁLBUM QUE COMPREI E O PRIMEIRO SHOW A QUE FUI. ELES ERAM GRANDES. ESSAS BANDAS DOS ANOS 1990 NOS FIZERAM O QUE SOMOS."

"EU CONHEÇO OS CARAS E SEI QUE A HISTÓRIA (DELES) É VERDADEIRA", contou Joel quando perguntado sobre a ideia de o 5SOS ser uma boyband e ter feito shows ao lado do One Direction. "A MOLECADA DEVERIA PODER COMEÇAR UM GRUPO E, DE REPENTE, ESTAR ABRINDO PARA O ONE DIRECTION. CLARO, PORRA! EU FARIA ISSO TAMBÉM, SEM SOMBRA DE DÚVIDA."

ALL TIME LOW

Assim como o Good Charlotte, o All Time Low é um caso de admiração que virou parceria de trabalho. Por meio do produtor John Feldmann, o 5SOS conseguiu chegar até Alex Gaskarth, guitarrista e vocalista do grupo — um dos maiores ídolos deles.

Alex coescreveu "Kiss Me Kiss Me", "End Up Here" e "Long Way Home", todas do disco *5 Seconds of Summer*. "ALEX E O ALL

TIME LOW SÃO BASICAMENTE A RAZÃO PELA QUAL EU COMECEI A TOCAR GUITARRA E CANTAR", revelou Michael. "TER A CHANCE DE ESCREVER COM ELE É UMA LOUCURA. SOMOS MUITO SORTUDOS. NEM CONSEGUIMOS AGRADECER O SUFICIENTE A TODOS QUE NOS DERAM ESSA OPORTUNIDADE."

Antes disso, eles tinham tentado uma abordagem mais direta. "EU MANDEI UM TWEET PARA O ALEX EM 2011. LOGO QUE FIZEMOS NOSSA CONTA", contou Michael. O que dizia? Algo como: "UM DIA SEREMOS TÃO RELEVANTES QUE VOCÊ VAI NOS SEGUIR." Ele logo sentiu vergonha do que escreveu e apagou o post, mas foi como uma previsão. "É UMA VIAGEM, CARA. NUNCA IMAGINEI QUE SERIA AMIGO DELES."

E, por outro lado, essa admiração mútua acabou ajudando o All Time Low também — depois que os meninos do 5SOS passaram a citar a banda em entrevistas, as vendas dos discos dela aumentaram bastante. Hoje Alex diz que não teria o menor problema em abrir shows dos australianos, mesmo tendo muito mais tempo de estrada que eles. "SE CHEGAR UMA HORA EM QUE ELES ESTIVEREM ESGOTANDO AS ENTRADAS DE ARENAS E NÓS NÃO TIVERMOS CHEGADO A ESSE PONTO AINDA, FICAREMOS MUITO FELIZES EM ABRIR APRESENTAÇÕES PARA ELES", comentou Alex. Michael diz com firmeza que nunca deixaria isso acontecer, já que o certo, para ele, seria o 5SOS abrir os shows do All Time Low!

ED SHEERAN

O cantor (e amigão da Taylor Swift) já elogiou publicamente o 5SOS e foi até mais longe, tocando de vez em quando uma versão acústica de "She Looks So Perfect". "ELES SÃO MUITO BONS. TÊM ÓTIMAS VOZES E AS MÚSICAS SÃO BOAS", derreteu-se o ruivo ao falar do 5SOS. Deve ter sido um sonho para o quarteto, que é fã das músicas do cara.

NIRVANA

Musicalmente é uma influência clara: as guitarras do Nirvana ajudaram a puxar a revolução do grunge, levando um som mais sujo e roqueiro para as paradas. Mas a letra de "End Up Here" cita uma camiseta com o rosto de Kurt Cobain, o vocalista do Nirvana que se matou em 1994 — e Calum sempre é visto com roupas assim.

BUSTED

Os britânicos do Busted têm uma pegada bem mais pop que o 5SOS, mas nem por isso passaram longe do radar: tanto que os australianos já fizeram um cover para "Year 3000", que teve quase 1,5 milhão de views no YouTube.

BIFFCO

Se este nome não é familiar, talvez algumas das músicas que eles assinaram — escrevendo ou produzindo — ao longo dos anos sejam: "Wannabe" (das Spice Girls), "Elevation" (do U2), "I Want" (do One Direction) e muitas outras! Para o 5SOS, eles ajudaram a escrever "18".

GOLDFINGER

Apesar de não ser muito citado pelo 5SOS como influência direta, o grupo californiano de pop-punk dos anos 1990 tem uma relação imediata como o som dos garotos: o vocalista John Feldmann produziu a maior parte do álbum 5 Seconds of Summer, e ainda deu uma mãozinha na autoria de "Everything I Didn't Say", "End Up Here", "Long Way Home" e outras.

TRADUZINDO AS CAMISETAS

Os integrantes do 5 Seconds of Summer adoram usar roupas que façam referência a outros músicos ou estilos sonoros. Aqui está um pequeno guia para entender quem são os artistas das estampas!

JIMI HENDRIX: Guitarrista americano que é considerado o melhor de todos os tempos. Ele morreu em 1970, mas deixou clássicos do rock como "Purple Haze", "Foxey Lady" e "Stone Free".

CBGB: Casa noturna nova-iorquina clássica da cena punk, nos anos 1970. Foi lá que começaram Ramones, Misfits e Blondie, entre muitos outros astros do rock.

RAMONES: A principal banda do movimento punk americano, muito amada no Brasil. A camiseta com a logomarca do quarteto (que se separou nos anos 1990 — e todos os integrantes originais já morreram) é mania em festivais de música daqui.

`SEX` `PISTOLS`: Banda britânica essencial do movimento punk, que gravou faixas como "Anarchy in the U.K.", "God Save the Queen" e "Pretty Vacant".

`AC/DC`: Ícone australiano do hard rock, o grupo foi formado no começo dos anos 1970 e continua em atividade até hoje. O disco *Back in Black* (1980) é um dos essenciais da banda.

`MISFITS`: Banda americana que junta a estética punk com influências dos filmes de terror. Mudou de formação várias vezes, mas continua gravando e fazendo shows. Tem uma logomarca famosa, com a face de uma caveira.

`KISS`: Quarteto de rock famoso pelas maquiagens e personagens que usam no palco: The Demon, Starchild, Catman e Spaceman. Estão na atividade desde o começo dos anos 1970 e fazem shows incríveis até hoje, cheios de explosões e efeitos pirotécnicos.

`JOY` `DIVISION`: Liderado pelo vocalista Ian Curtis, o grupo britânico foi pioneiro do pós-punk. Quando Ian se matou, o restante da banda formou o New Order.

`IRON` `MAIDEN`: Monstros do heavy metal britânico, com 40 anos de carreira e 15 discos de estúdio lançados. Sempre fazem shows no Brasil, onde têm muitos fãs dedicados.

TESTE – MICHAEL

AH, QUANTAS CORES DE CABELO... SÃO TANTOS DETALHES! CONFIRA ABAIXO SE VOCÊ CONHECE TODOS ELES.

----

1. Qual foi o primeiro show da vida do Michael?
   a) Uma banda cover do Nirvana, no shopping
   b) One Direction
   c) O primeiro do 5SOS
   d) Green Day
   e) Good Charlotte

2 . "Let It Go" faz parte da trilha sonora de um dos filmes que o Mikey mais gosta. Qual é ele?
- [a] *Frozen – Uma aventura congelante*
- [b] *Camp Rock*
- [c] *Grease*
- [d] *Hannah Montana – O filme*
- [e] *Os Vingadores*

3 . Verdadeiro ou falso: o segundo nome dele é Grace. Ele tenta esconder dizendo que é Gordon.

[verdadeiro]   [falso]

4 . Qual é a cor do cabelo do Michael nesse momento?
- [a] Vermelha
- [b] Azul
- [c] Preta
- [d] Quem sabe? É difícil acompanhar!
- [e] Rosa

RESPOSTAS:

1-C, 2-A, 3-F, 4-D

CAPÍTULO 08

TURNÊS

oo ooooooo oo

"ESTAMOS CONFUSOS – NOSSAS MENTES ESTÃO NA ESCÓCIA. E ACABAMOS DE PASSAR POR LOS ANGELES PARA GRAVAR UM CLIPE", explicou Ashton certa vez ao falar sobre a rotina nada fácil de viagens da banda. "COM O TEMPO QUE PASSAMOS VIAJANDO, NUNCA SABEMOS EM QUAL FUSO HORÁRIO ESTAMOS."

Quem pensa que é uma vida cheia de passeios também está errado. "NÃO TEMOS TEMPO DE FAZER COISAS TURÍSTICAS. MAS SOMOS COMO IRMÃOS E NOS DIVERTIMOS EM QUALQUER LUGAR." Quando eles passaram por Paris, por exemplo, só viram a Torre Eiffel pela janela do carro!

Sabe para o que também falta tempo, por culpa dessa agenda maluca? Namorar. "ESTOU SOLTEIRO AGORA", confessou Ashton em setembro de 2014. "E ACHO QUE QUALQUER UM ACHARIA DIFÍCIL NAMORAR ESTANDO EM UM PAÍS DIFERENTE A CADA DIA. NO ANO PASSADO, PASSEI SÓ DUAS SEMANAS EM CASA, E É MUITO COMPLICADO ENCONTRAR ALGUÉM QUANDO VOCÊ VIAJA TANTO."

AS PREFERIDAS DELES

Já parou para pensar qual é a música que o 5 Seconds of Summer mais tocou ao vivo? Bom, até outubro de 2014 a campeão era "Heartbreak Girl", seguida de perto pelo cover do sucesso de Katy Perry "Teenage Dream".

DENTRO DO FURACÃO

Como é fazer parte do 5 Seconds of Summer? "NÃO SAÍMOS MUITO", respondeu Luke, quando perguntado sobre o assunto. "E ÀS VEZES É DIFÍCIL", completou Calum. "FICAMOS MUITO OCUPADOS COM O NOSSO TRABALHO", explicou Ashton. "TEMOS TANTA COISA PRA FAZER QUE MAL TEMOS TEMPO DE DORMIR", disse Mikey.

★★★★★★★★

CHANCE DAS FÃS

A grande pergunta é: os meninos do 5 Seconds of Summer sairiam com uma fã? "NÃO SEI...", respondeu Ashton quando perguntaram diretamente a ele. "SE ELA GOSTAR DE NÓS, É SÓ UM BÔNUS", rebateu Calum. "SE ELA ODIAR A BANDA SERIA MEIO ESTRANHO!", completou Luke. Ou seja, existe uma luz no fim do túnel.

E A KENDALL?

Depois de boatos de que Ashton estaria saindo com Kendall Jenner, irmã de Kim Kardashian, ele mesmo negou a história. "SÓ PASSAMOS UM TEMPO JUNTOS." Sei...

DE "QUEM?" UM CASO DE AMOR?

Em maio de 2014, Kylie Jenner (irmã da Kim Kardashian e cunhada do Kanye West) nem sabia quem era o 5 Seconds of Summer. Ela postou um vídeo no Instagram no qual as amigas cantavam loucamente "She Looks So Perfect" e a legenda era: "QUANDO VOCÊ É A ÚNICA QUE NÃO CONHECE A MÚSICA..."

Um tempinho depois, a modelo Kendall Jenner — outra das irmãs — apresentou o 5SOS no Billboard Music Awards... Ou pelo menos tentou. Ela se confundiu toda ao ler o texto da apresentação nos monitores e passou vergonha. "PESSOAL. EU SOU A PIOR PARA LER!", ela tentou se explicar. "NÃO FALAMOS MAIS COM ELA!", brincou o Michael mais tarde. Na verdade, ela pediu desculpas aos meninos e ficou tudo bem.

Mas foi o suficiente para a família Jenner/Kardashian descobrir a banda — tanto que o mundo todo passou a achar que havia algo a mais ali. Em agosto, Kendall e Ashton foram vistos (e fotografados) entrando juntos em um táxi. Os dois negaram que estivessem ficando. "NÃO ESTAMOS SAINDO", disse Ashton. "NOS CONHECEMOS EM NOVA YORK, COM NOSSAS EQUIPES, E PASSAMOS UM TEMPO JUNTOS. FOMOS BEBER." Ah, sei! Ele disse que considera a Kendall atraente, sim, mas que só trocaram um "oi".

DERP CON!

Todo mundo foi pego de surpresa quando o 5 Seconds of Summer anunciou a Derp Con. O quê?! É simples: além de se apresentarem em Inglewood, na Califórnia, em novembro de 2014, os rapazes organizaram uma convenção — um grande encontro de fãs — no mesmo local. Foi uma chance de ver os caras mais de perto, em um ambiente completamente dominado por tudo que é relacionado ao grupo. E para não dizer que as pessoas que moram em outros países foram excluídas, o quarteto ainda anunciou uma competição que levou alguns sortudos até lá! Agora é torcer para que isso se torne um evento fixo, né?

ATITUDE ROCK'N'ROLL

Uma vez perguntaram para o 5SOS por que eles não faziam coisas clássicas de astros do rock, como quebrar quartos de hotel e jogar TVs pela janela. A resposta foi clássica: "PARA QUE JOGAR UM TELEVISOR PELA JANELA SE PODE ESTAR PASSANDO BOB ESPONJA E PODEMOS FICAR ASSISTINDO? QUE DESPERDÍCIO", respondeu Michael. Verdade. Sobre destruir os quartos, ele falou que acharia desrespeitoso. "A COISA MAIS ROQUEIRA QUE FAZEMOS É A MÚSICA."

TESTE

Você acha que sabe todos os detalhes sobre o 5 Seconds of Summer?
AH, É? VAMOS VER, ENTÃO:

1. Entre os quatro integrantes do 5SOS, qual é o mais alto?
[a] Calum [b] Ashton
[c] Luke [d] Michael

2. O Luke tem uma cachorrinha de estimação fofa, com quem ele já fez vários vídeos que estão no YouTube. Qual é o nome dela?
[a] Molly [b] Katy
[c] Kourtney [d] Kim

3. Entre as muitas perguntas que os rapazes têm que responder nas entrevistas que dão, algumas se destacam por serem para lá de estranhas. Uma vez perguntaram ao Mikey: "Se você pudesse comer uma cor, qual seria?" Qual foi a resposta dele, sem nem pestanejar?
[a] Vermelho [b] Azul
[c] Preto [d] Verde

4. "She Looks So Perfect" foi inspirada na namorada de um dos autores da música. Qual deles tinha uma namorada tão perfeita assim?
[a] Ashton [b] Michael
[c] Jake Sinclair, que [d] Calum
também produziu a faixa

5 . O Calum adora as séries de TV americanas, especialmente as mais engraçadas. Qual é a preferida dele?
[a] The Big Bang Theory
[b] Modern Family
[c] Sex & the City
[d] Friends

6 . Se o Luke fosse uma garota, com qual integrante do 5 Seconds of Summer ele namoraria?
[a] Michael
[b] Ashton
[c] Calum
[d] Ele mesmo!

7 . Para o Calum, qual foi a melhor invenção de todos os tempos?
[a] A lâmpada elétrica
[b] A roda
[c] O pão de forma
[d] O carro

8 . Se o Michael pudesse voltar como qualquer coisa na próxima vida, como o que ele gostaria de "reencarnar"?
[a] Um leão
[b] Uma mosca
[c] Uma uva
[d] Um palhaço de circo

9 . O Ashton tem uma coleção. De quê?
[a] Tampinhas de garrafa
[b] Conchas
[c] Selos
[d] Discos

10 . Luke sempre fala sobre como os fãs podem chamar a atenção dele nos shows. Qual ele diz ser o segredo mais eficiente para ser notada por ele?
[a] Jogar coisas nele, com muita força
[b] Levar cartazes com frases fofinhas
[c] Gritar muito, quanto mais alto melhor
[d] Se vestir de fruta

11. Qual das tatuagens abaixo o Calum não tem? (ainda, pelo menos!)
- [a] Um dragão
- [b] Um pássaro
- [c] Uma pena
- [d] Um índio

12. Qual dos quatro integrantes é o único que às vezes dorme de meia?
- [a] Michael
- [b] Ashton
- [c] Luke
- [d] Calum

SE VOCÊ ACERTOU DE 0 A 4 RESPOSTAS:
ESTÁ NA HORA DE PERDER UMAS HORINHAS MERGULHANDO NA HISTÓRIA DO 5SOS. AINDA BEM QUE ISSO NÃO É NENHUM ESFORÇO, NÉ?

SE VOCÊ ACERTOU DE 5 A 9 RESPOSTAS:
CONHECE BEM OS MENINOS E ESTÁ PRONTA PARA UM BATE-PAPO PROFUNDO COM CALUM, ASHTON, LUKE E MICHAEL. IMAGINA QUE DELÍCIA?

SE VOCÊ ACERTOU DE 10 A 12 RESPOSTAS:
SE O 5SOS FOSSE UMA ESCOLA, VOCÊ ESTARIA APROVADA COM LOUVOR! AGORA É ESPERAR O PRÓXIMO CD E, QUEM SABE, UM SHOW NO BRASIL — VAMOS TORCER!

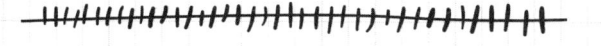

RESPOSTAS: 1-C, 2-A, 3-B, 4-C, 5-D, 6-A, 7-C, 8-C, 9-B, 10-D, 11-A, 12-B

FOTOS

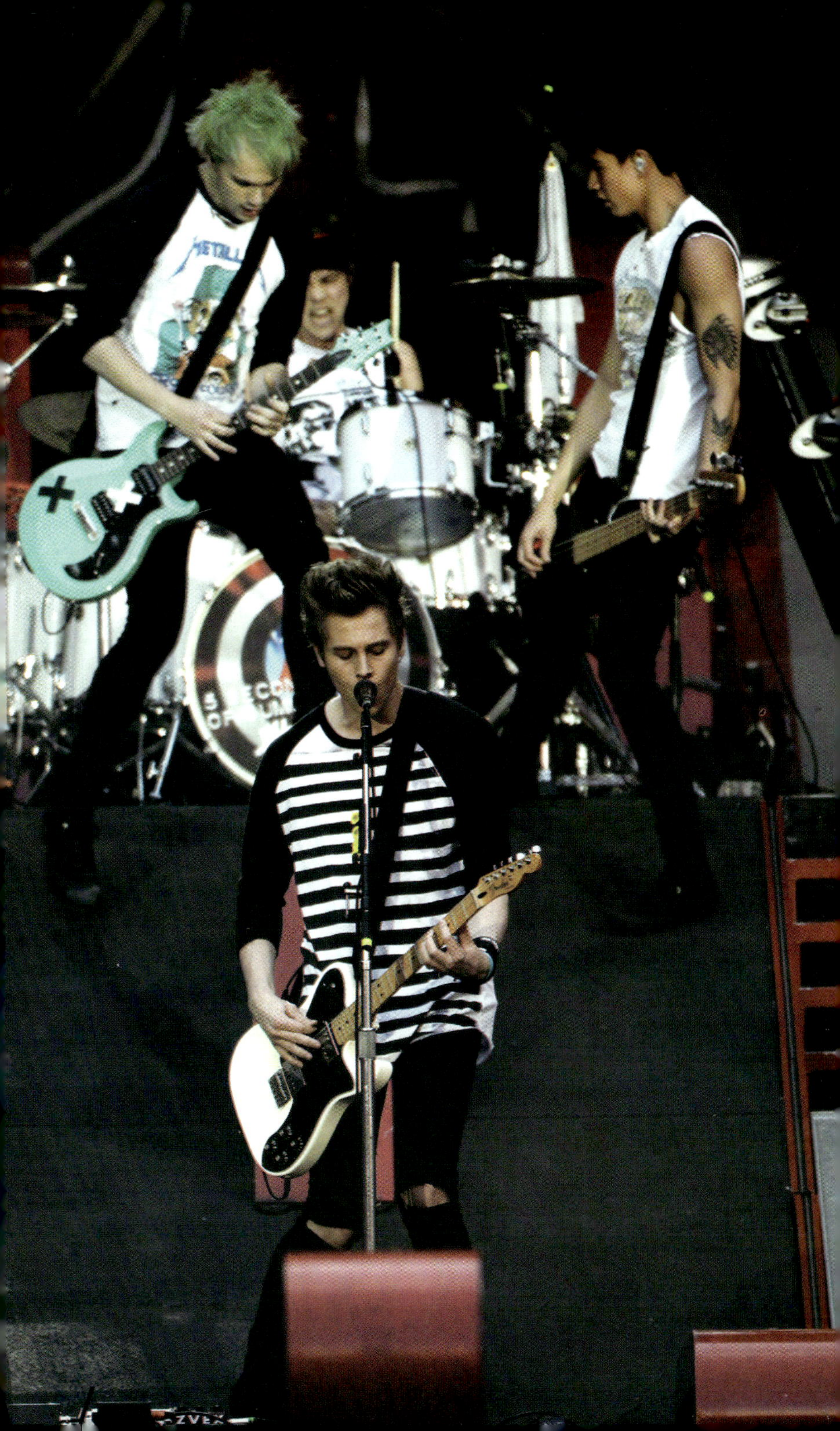
ZVEX

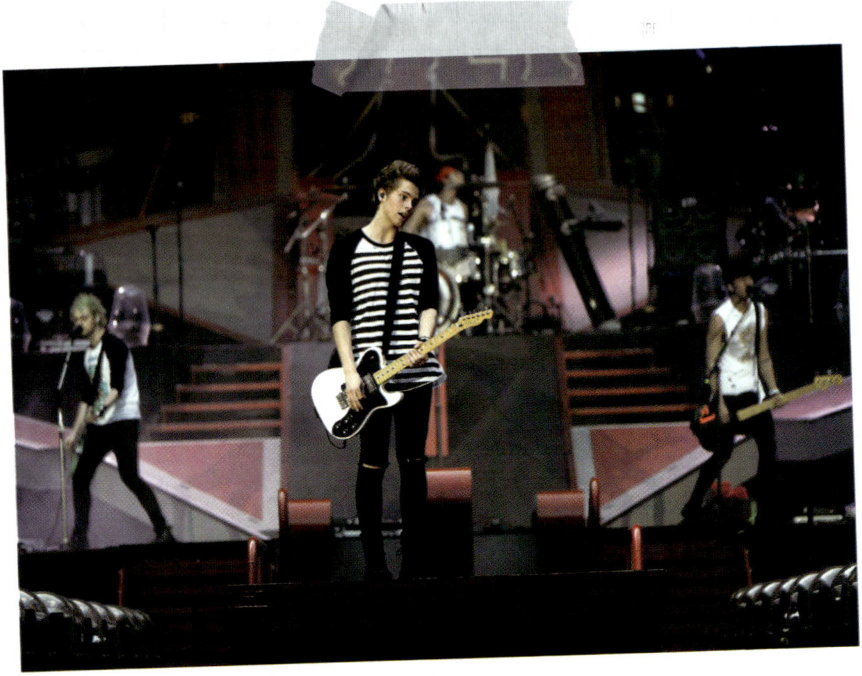

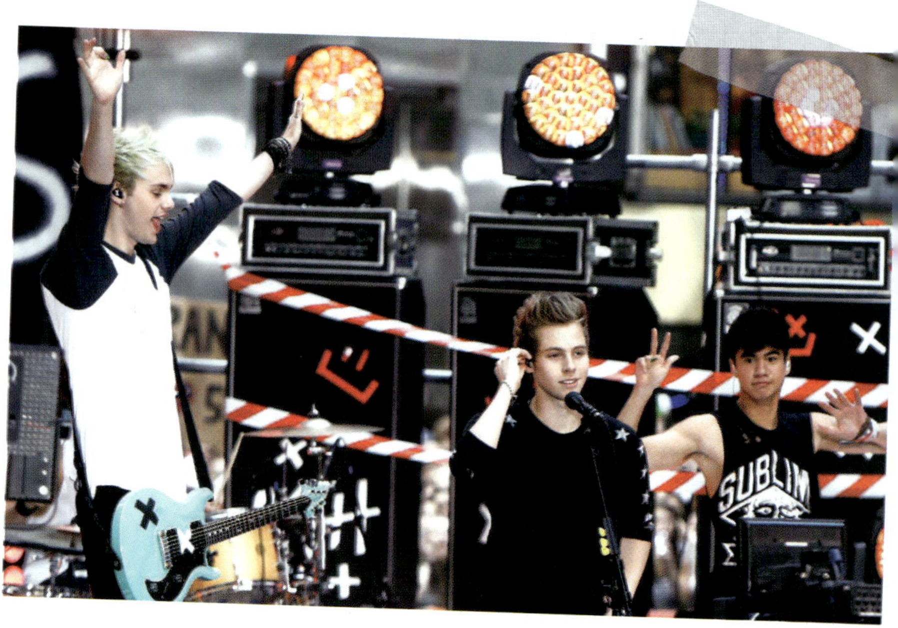
SUBLIM

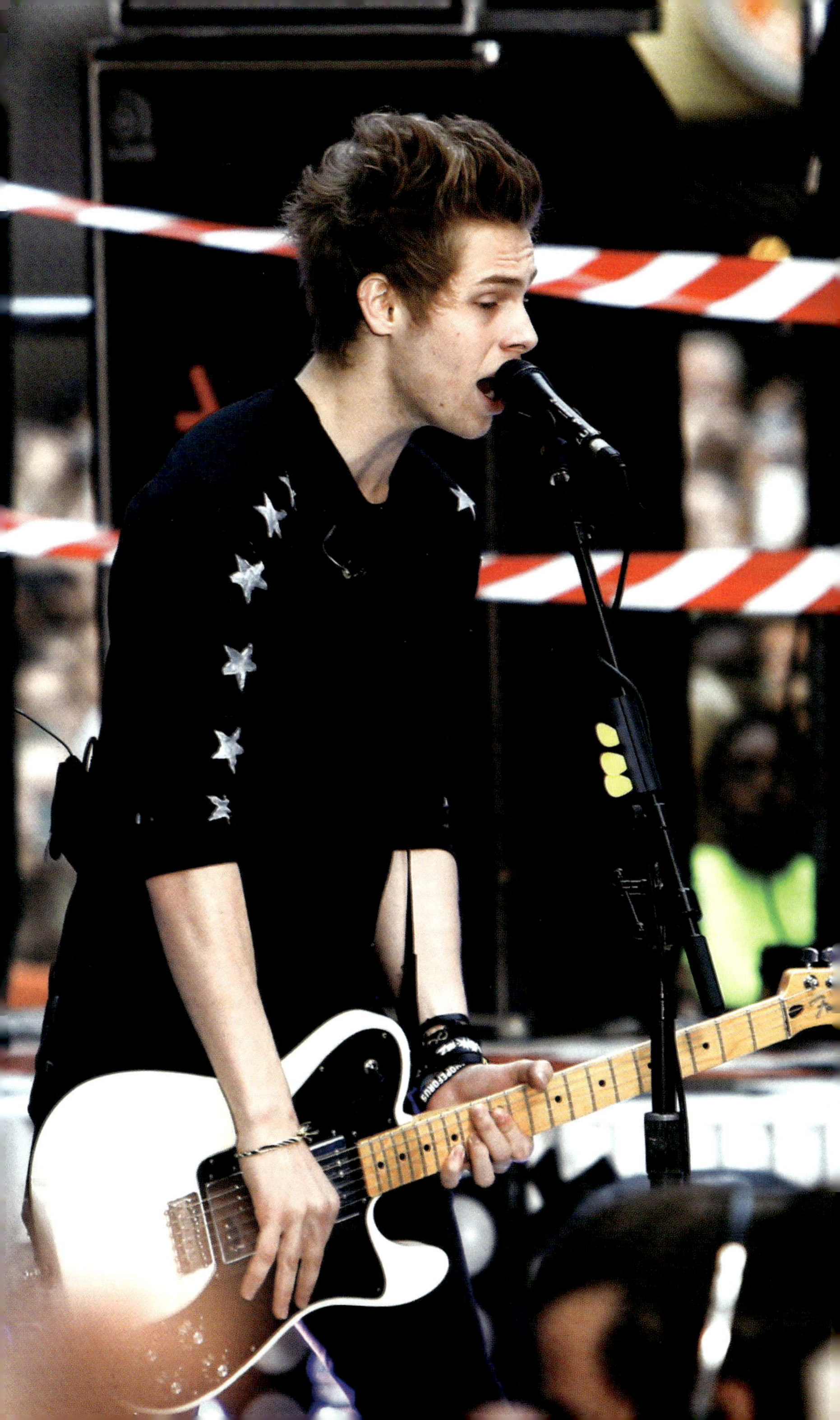

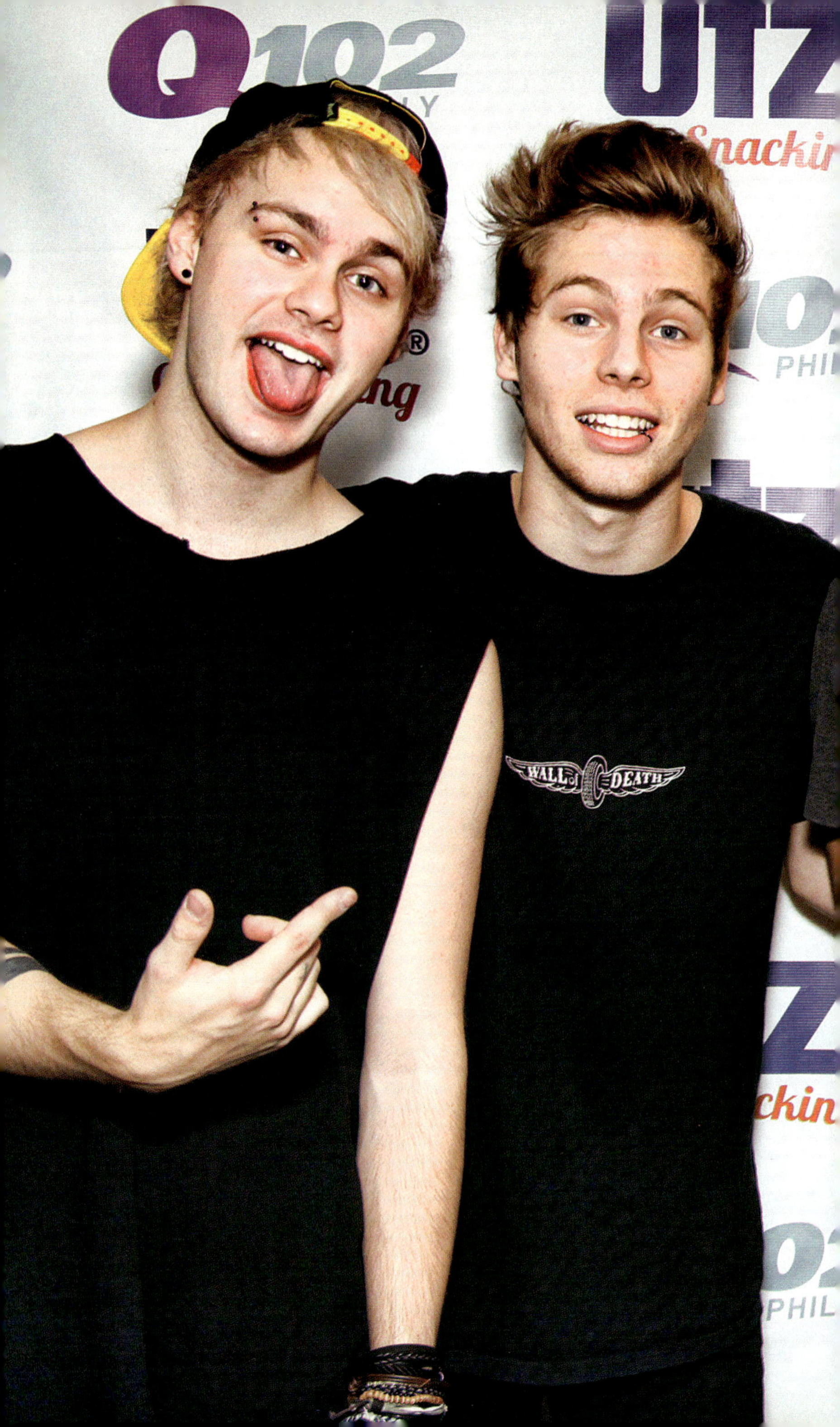
Q102
UTZ
WALL
DEATH

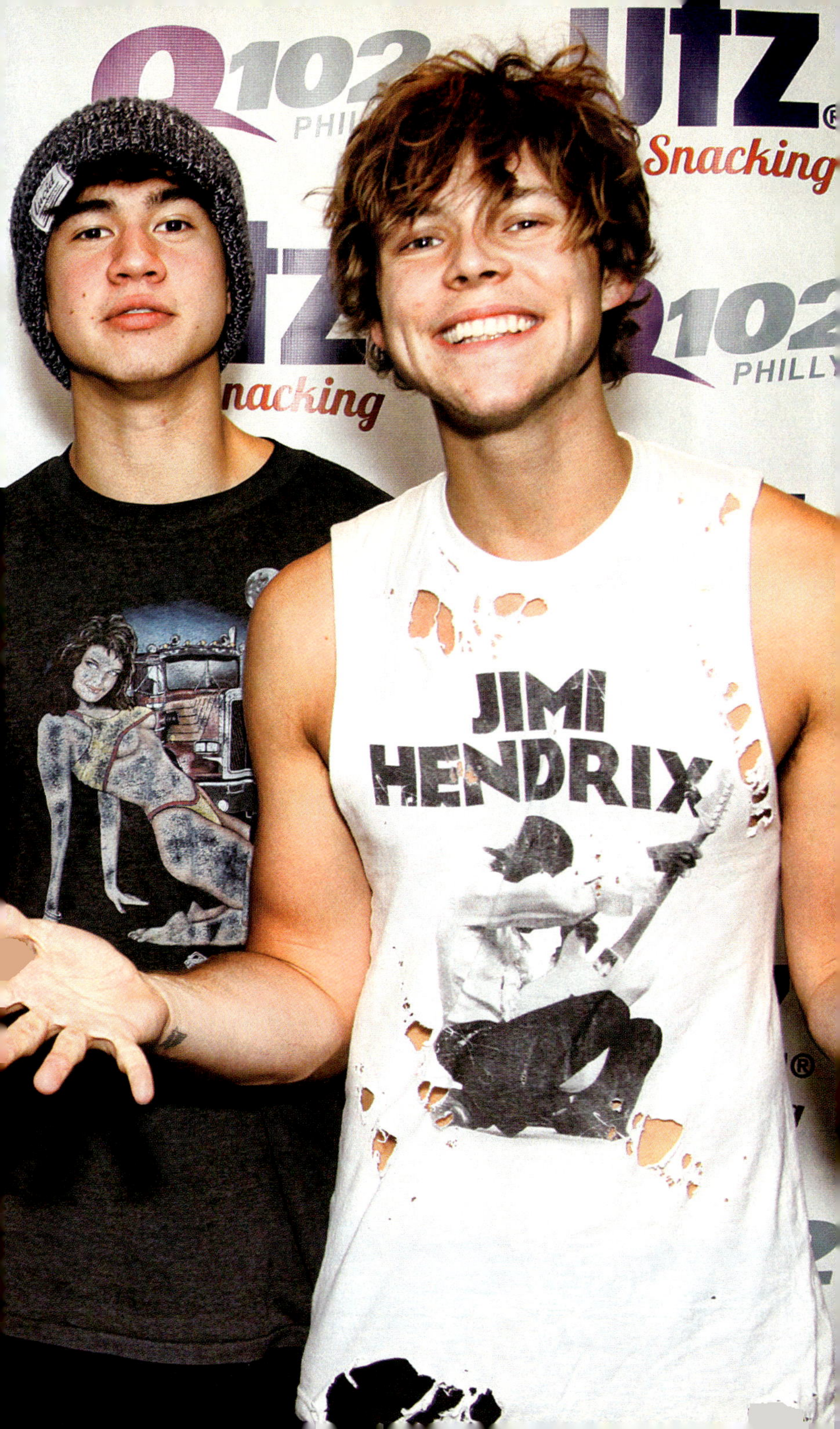
Q102
PHILLY
Utz
Snacking
JIMI
HENDRIX

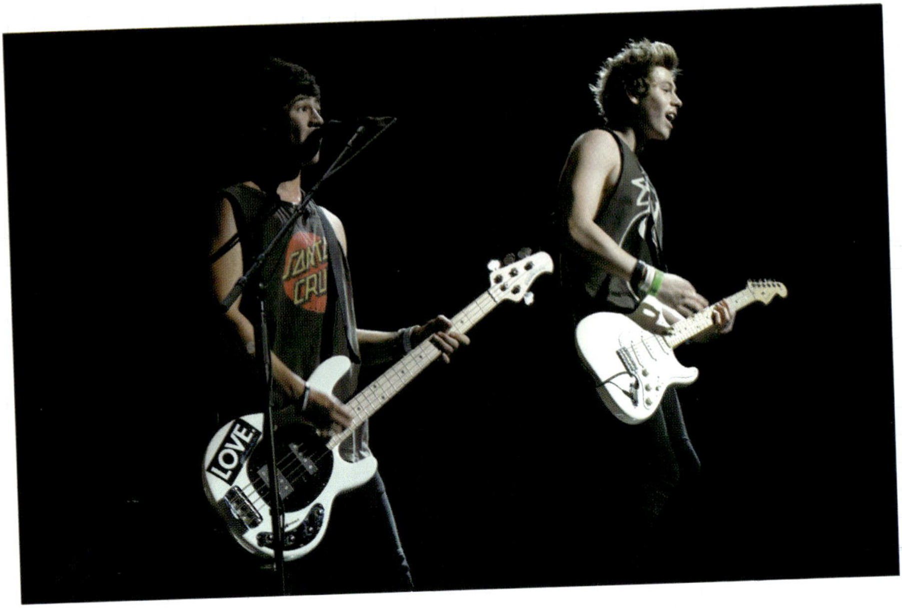
LOVE

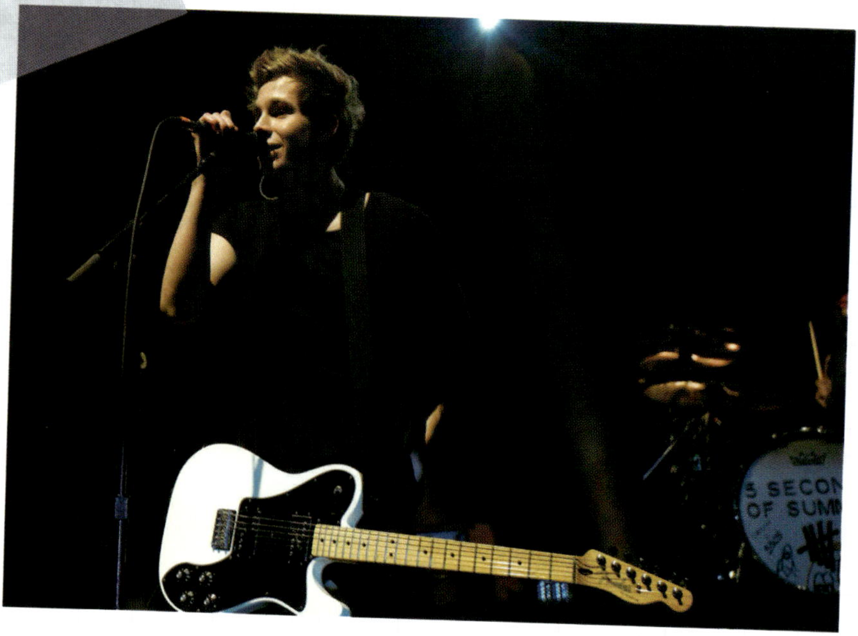
5 SECON
OF SUMM

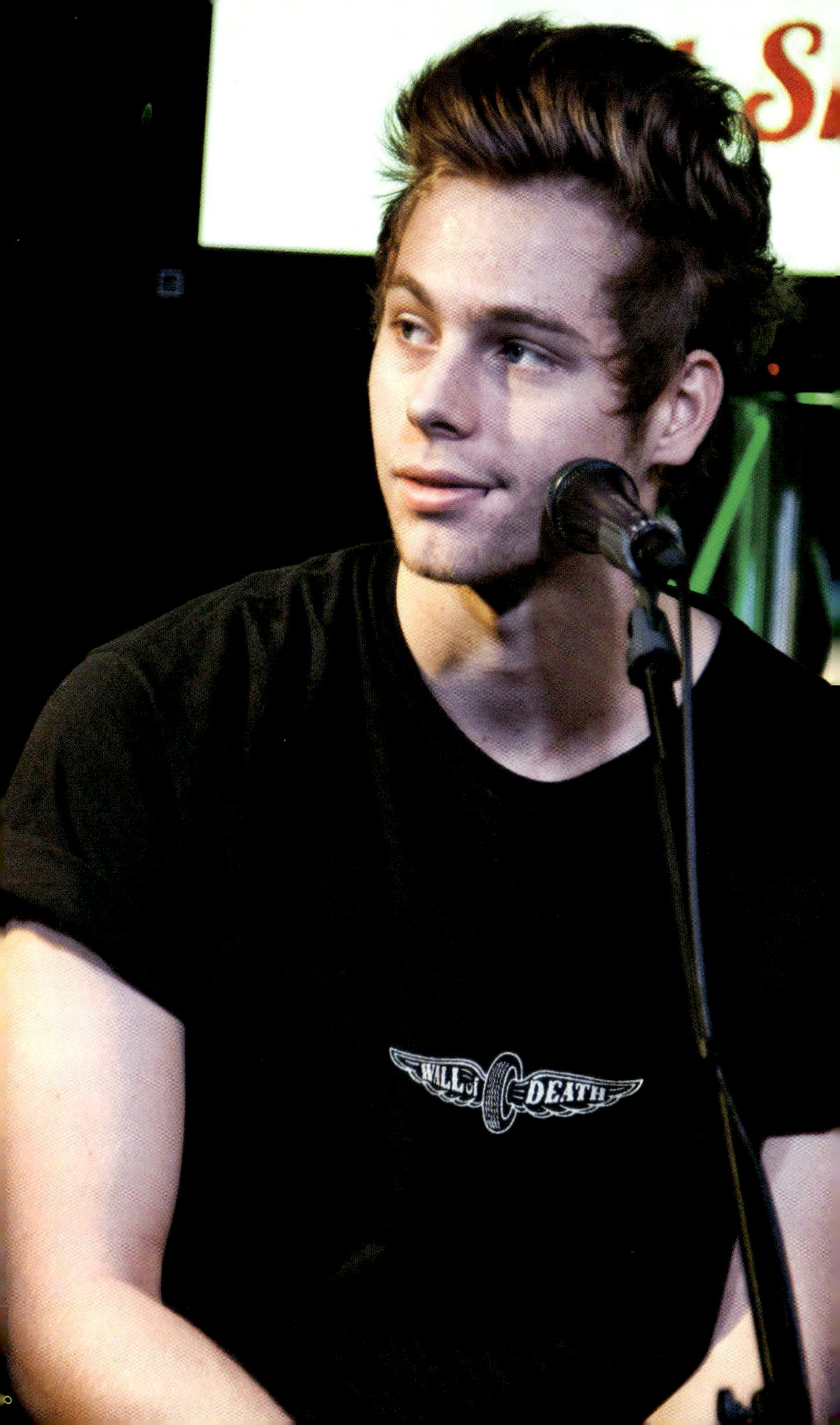
WALL of DEATH

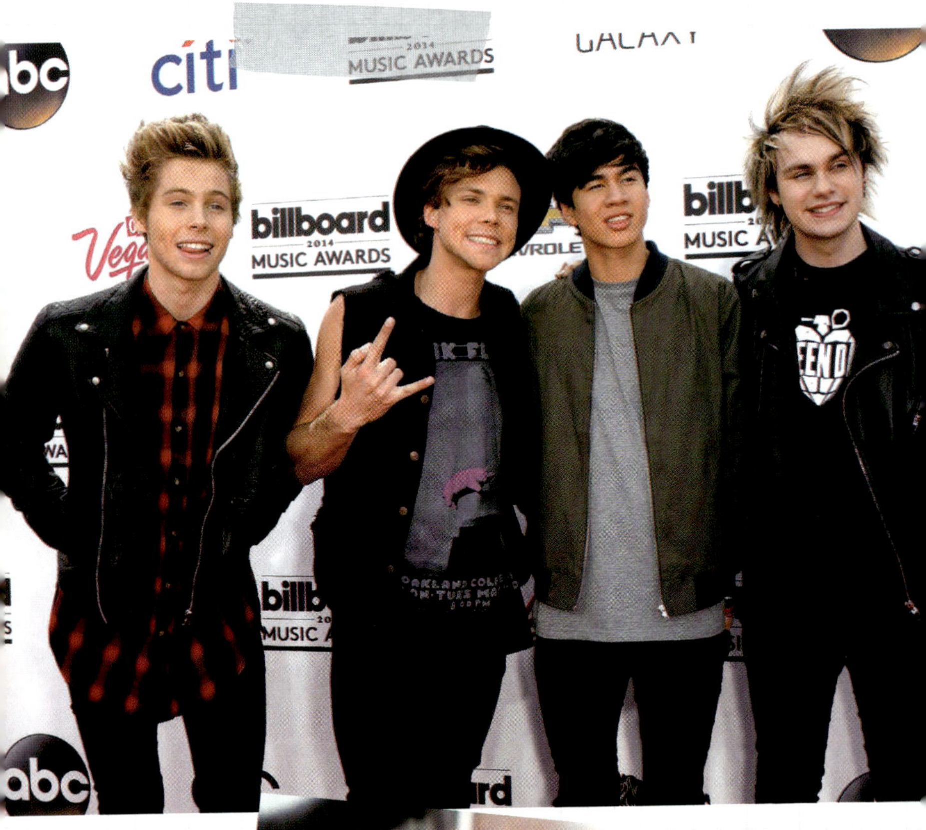
citi
MUSIC AWARDS
billboard
2014
MUSIC AWARDS
abc

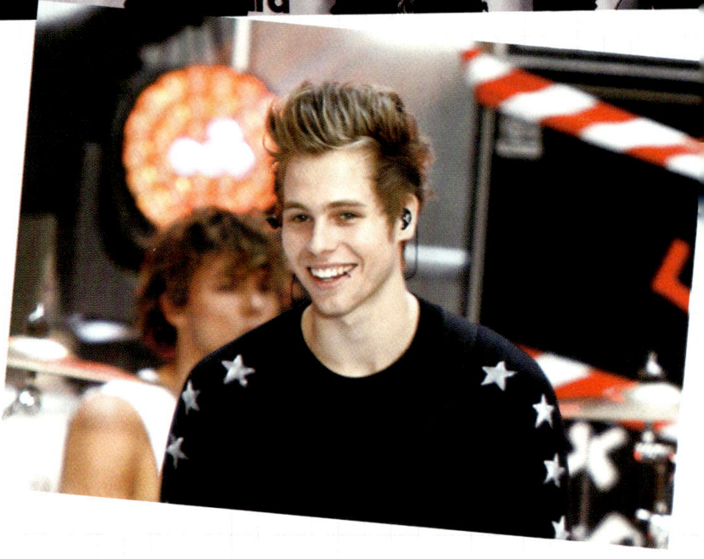

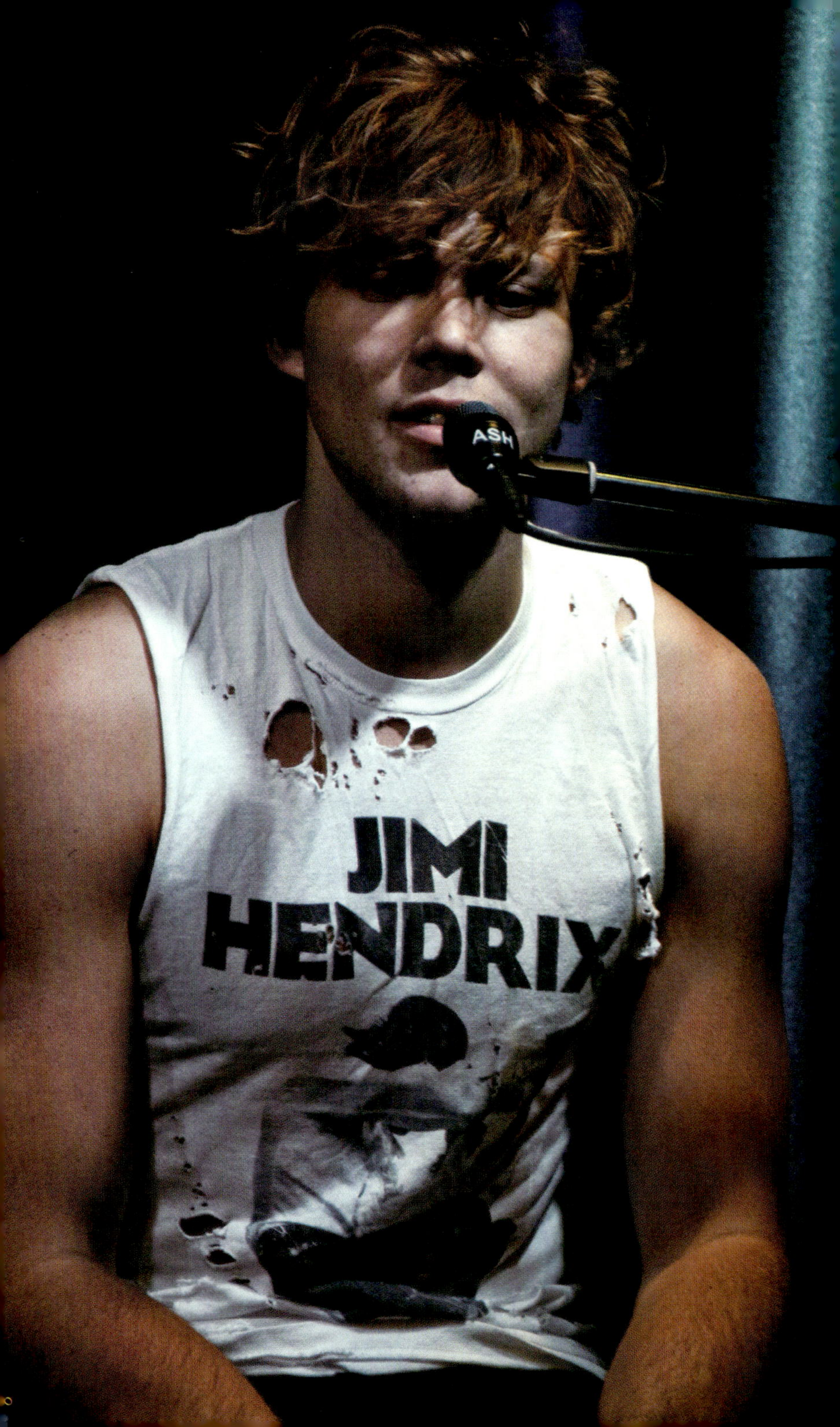
ASH
JIMI
HENDRIX

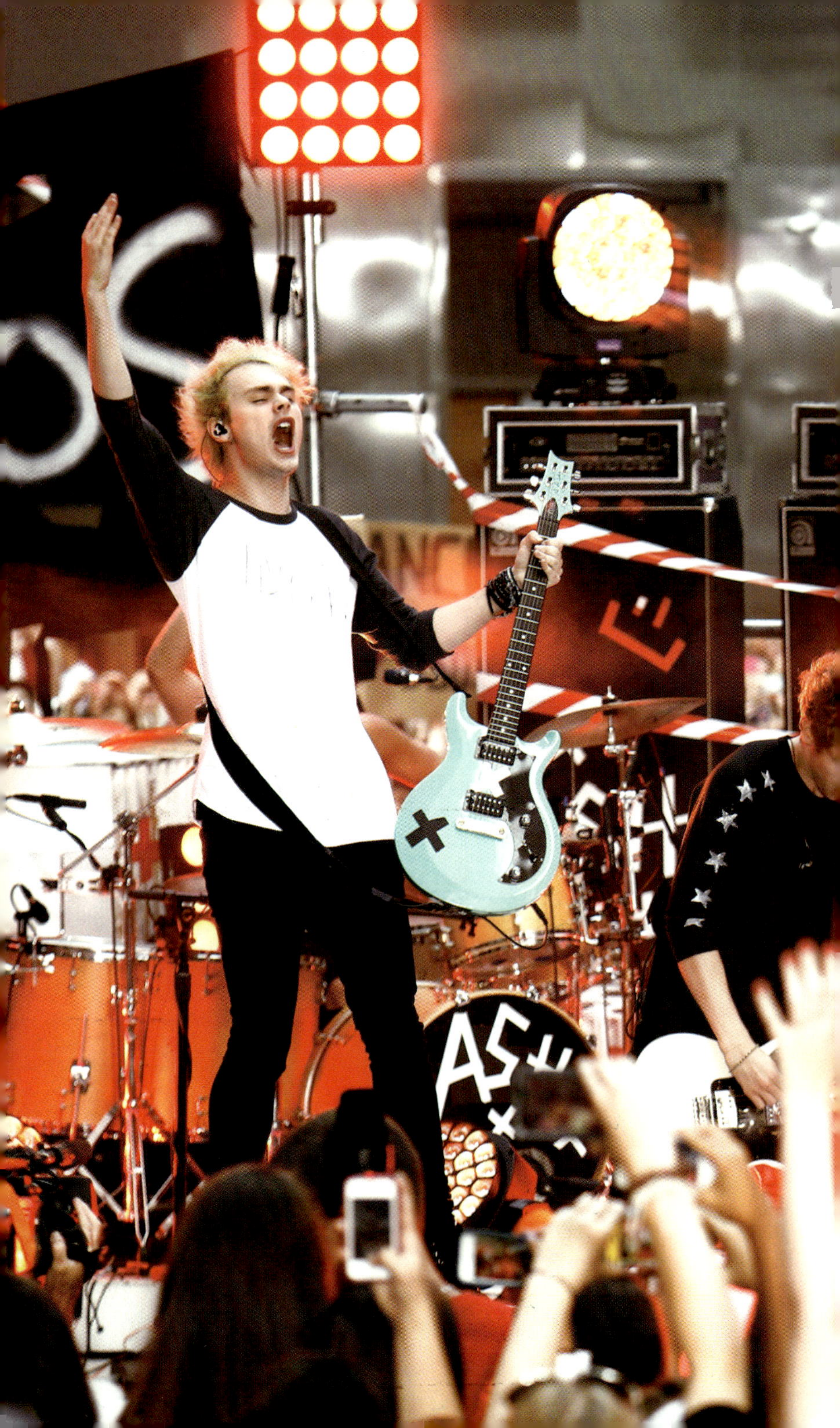

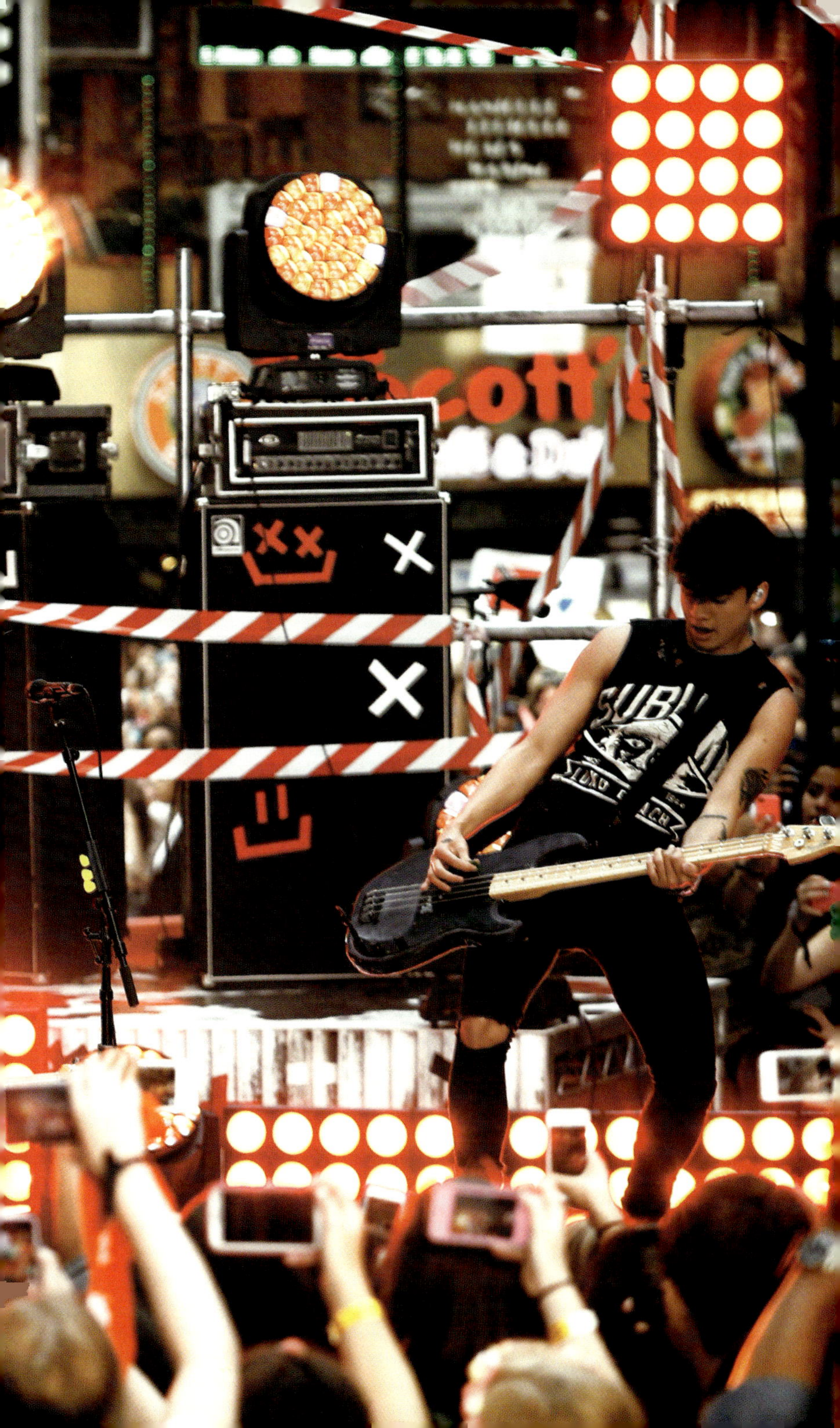

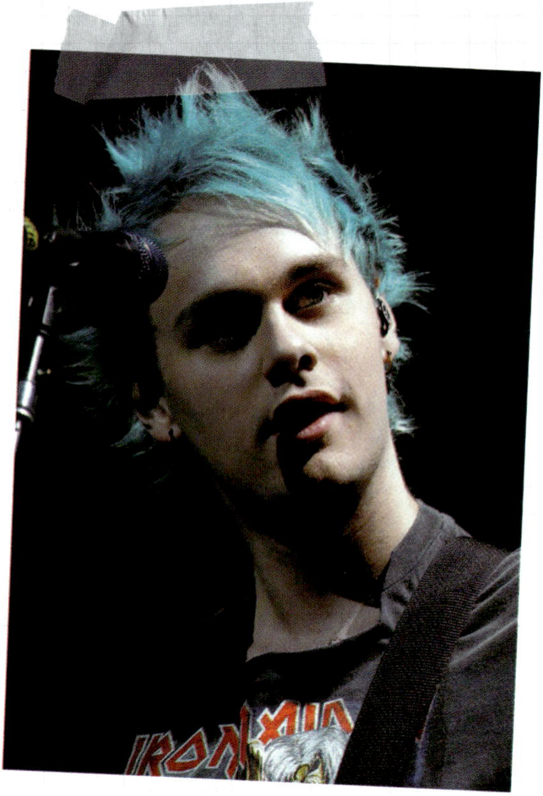

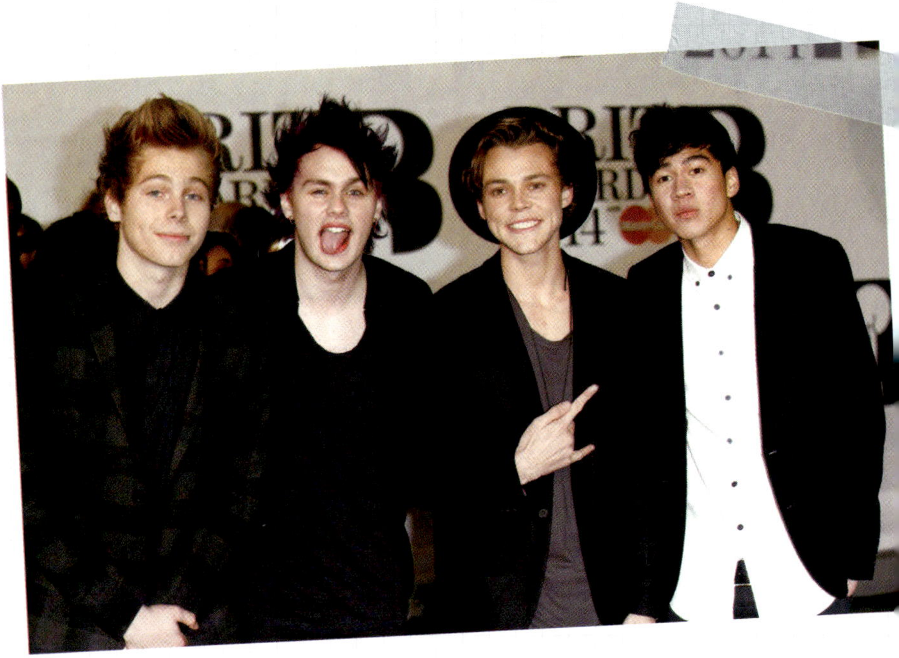

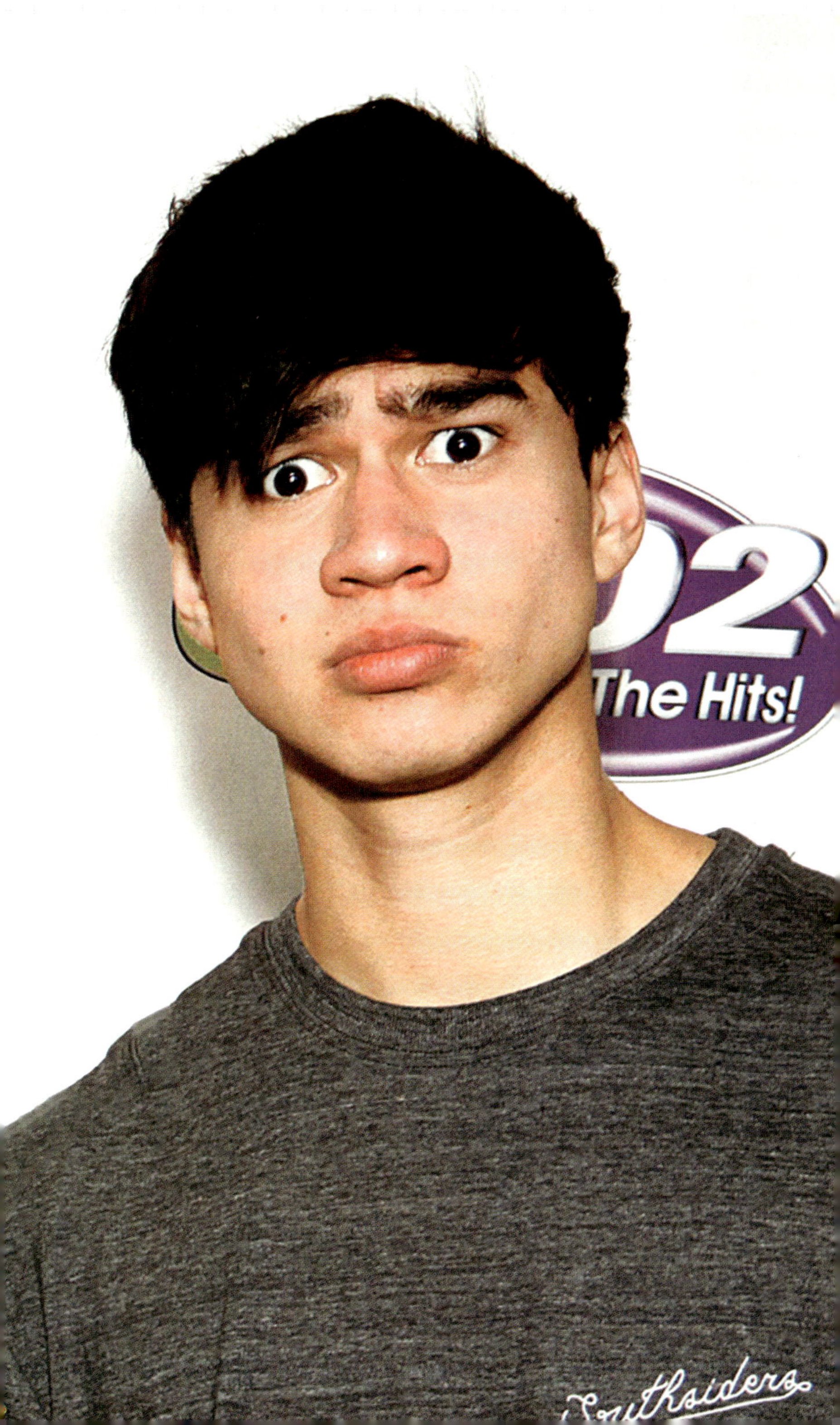
2
The Hits!

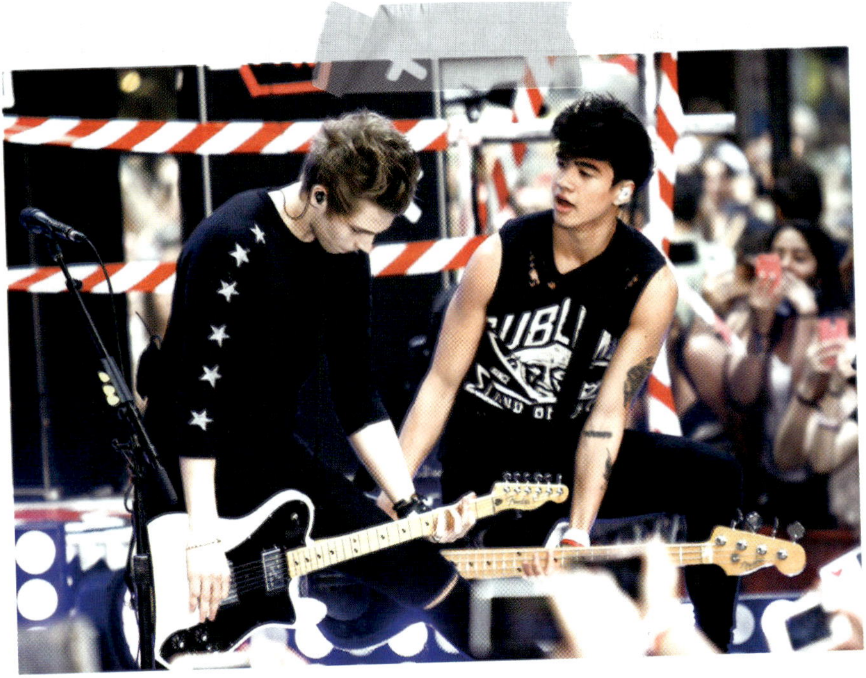

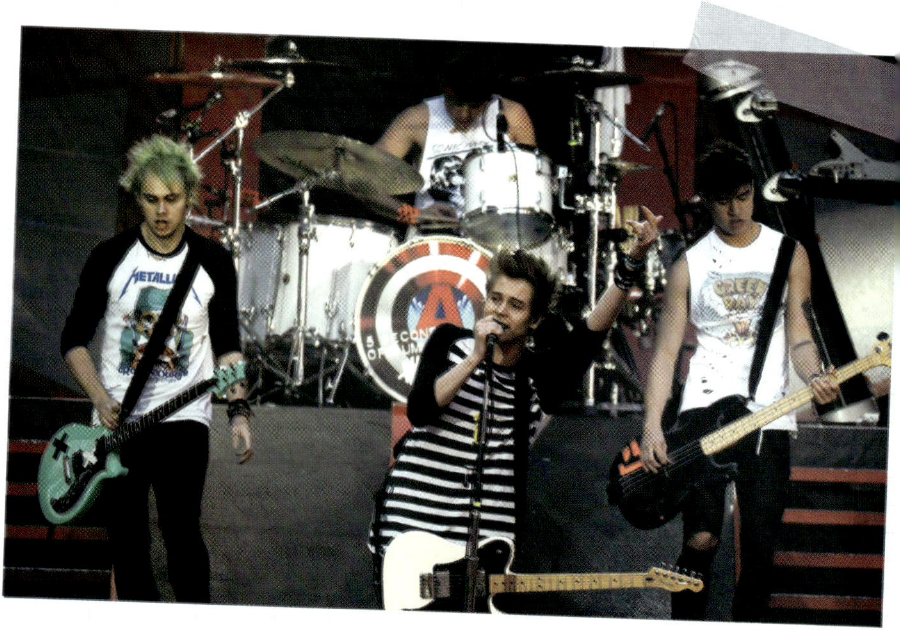

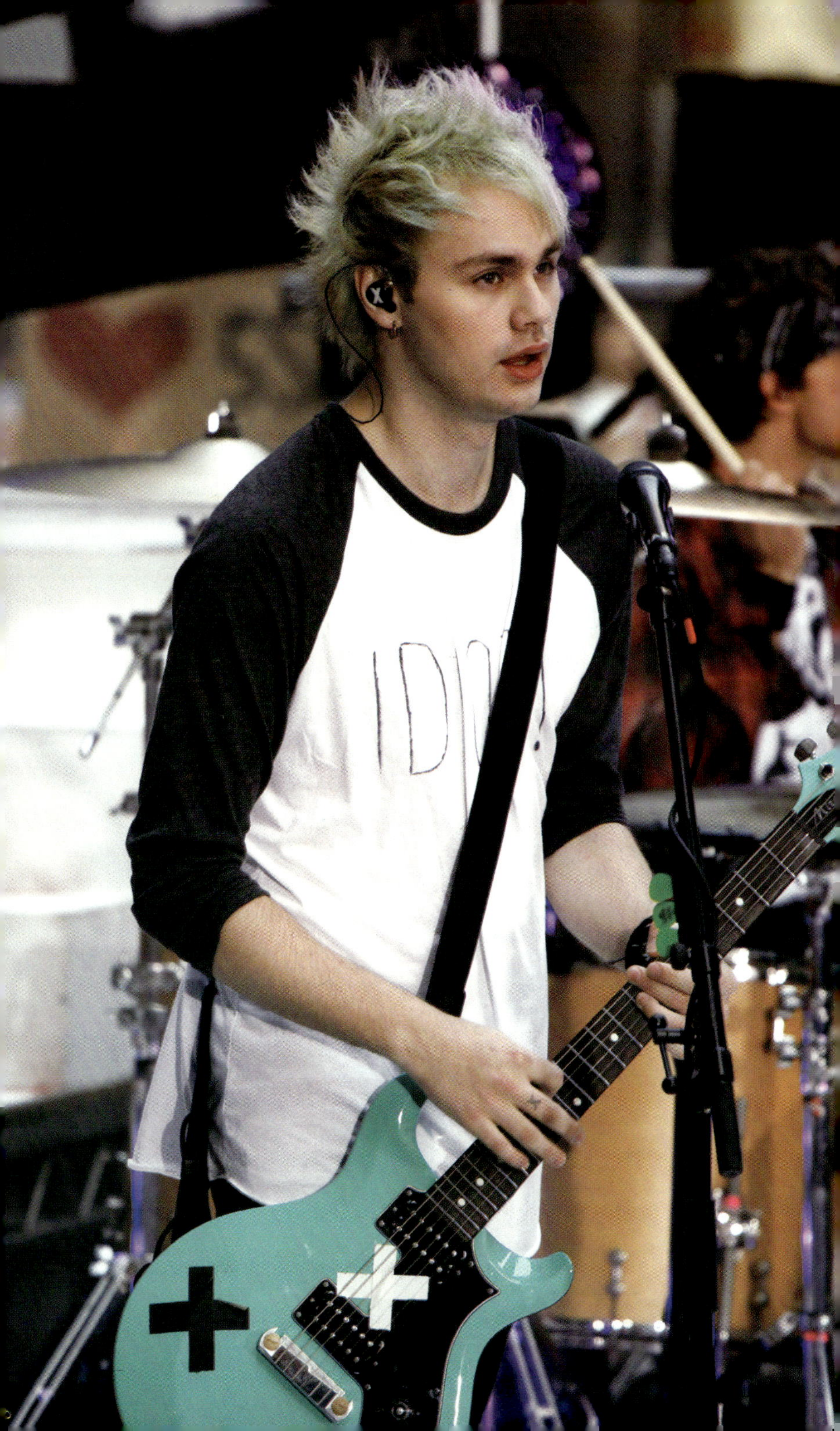

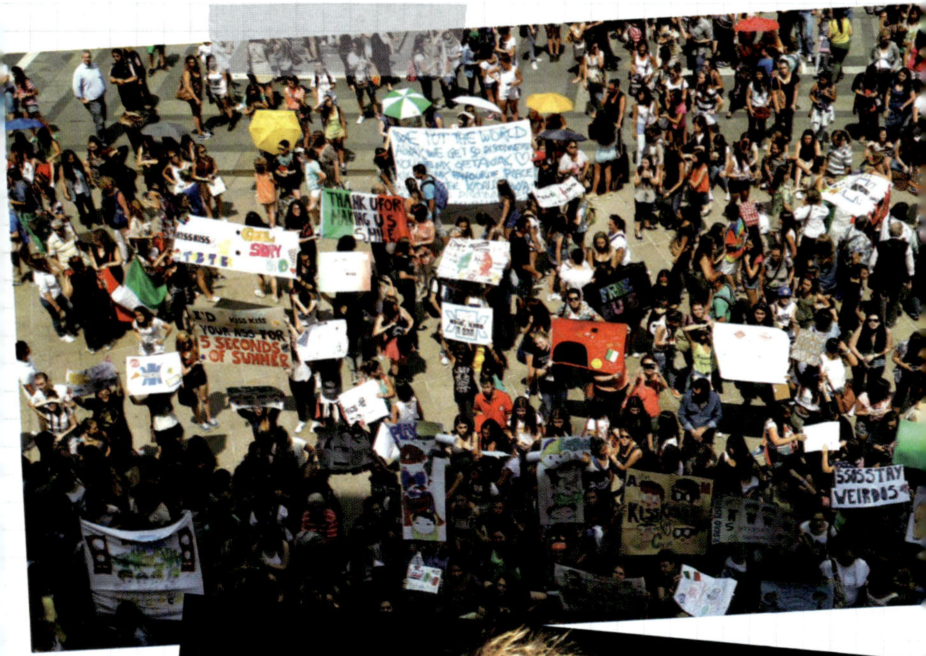
THANK U FOR
5SOS STAY
WEIRDOS

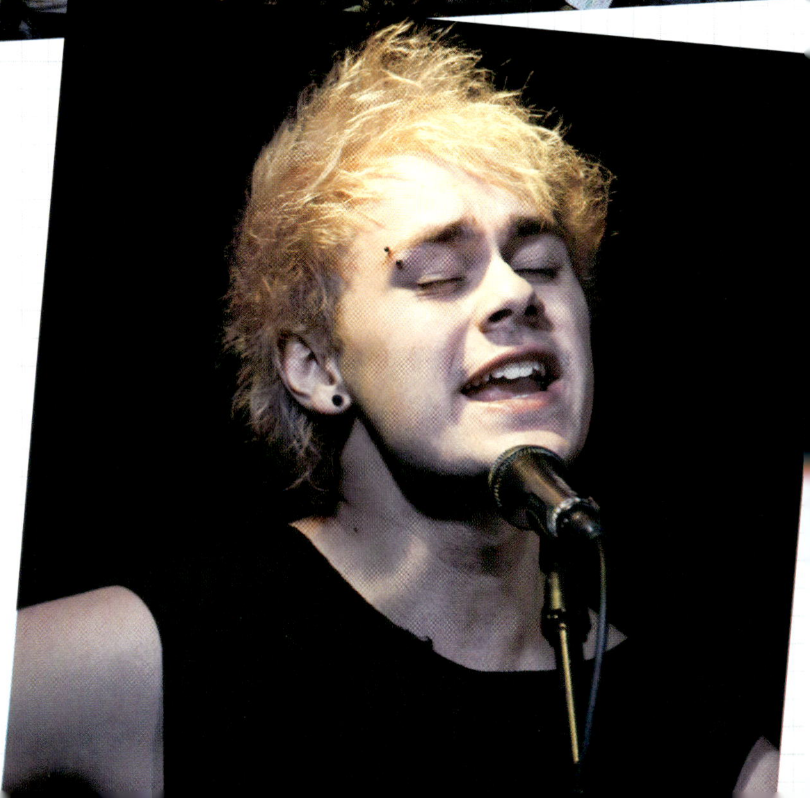

CAPÍTULO 09

DISCOGRAFIA, CLIPES E VÍDEOS INCRÍVEIS

COMEÇO

O primeiro single do 5SOS, "Out of My Limit", só saiu na Nova Zelândia e Austrália, em novembro de 2012. O primeiro a ser lançado globalmente foi "She Looks So Perfect".

ÁLBUM

5 SECONDS OF SUMMER (2014)
"She Looks So Perfect" *(Ashton Irwin / Michael Clifford / Jake Sinclair)*
"Don't Stop" *(Calum Hood / Luke Hemmings / Steve Robson / Busbee)*
"Good Girls" *(Irwin / Clifford / Rick Parkhouse / George Tizzard / Roy Stride / Josh Wilkinson)*
"Kiss Me Kiss Me" *(Hood / Hemmings / Feldmann / Alex Gaskarth)*
"18" *(Hemmings / Clifford / Richard Stannard / Seton Daunt / Ash Howes / Stride)*
"Everything I Didn't Say" *(Irwin / Hood / Feldmann / Nicholas "RAS" Furlong)*
"Beside You" *(Hood / Hemmings / Christian Lo Russo / Joel Chapman)*
"End Up Here" *(Irwin / Clifford / Feldmann / Gaskarth)*
"Long Way Home" *(Irwin / Clifford / Feldmann / Gaskarth)*
"Heartbreak Girl" *(Hood / Hemmings / Robson / Lindy Robbins)*
"English Love Affair" *(Irwin / Clifford / Parkhouse / Tizzard / Stride / Wilkinson)*
"Amnesia" *(Benjamin Madden / Joel Madden / Louis Biancaniello / Michael Biancaniello / Sam Watters)*

Existem várias versões do disco, de acordo com o país onde foi lançado ou a loja em que é vendido:

AUSTRÁLIA & NOVA ZELÂNDIA: Inclui a faixa "Lost Boy" no lugar de "English Love Affair".

JAPÃO: Inclui muitos bônus, como "Heartache On the Big Screen", "The Only Reason", "What I Like About You", "Rejects", "Try Hard", "Social Casualty", "Never Be" e "Voodoo Doll". Também contém os vídeos de "She Looks So Perfect", "She Looks So Perfect (Behind the Scenes)" e "Don't Stop".

ESTADOS UNIDOS: Inclui "Mrs. All American" no lugar de "English Love Affair".

EDIÇÃO DELUXE: Inclui "Social Casualty", "Voodoo Doll" e "Never Be".

EDIÇÃO DELUXE AUSTRALIANA: Inclui "Social Casualty", "Voodoo Doll", "Never Be" e "English Love Affair".

EDIÇÃO DELUXE DO ITUNES: Inclui os bônus "Greenlight", "Social Casualty", "Voodoo Doll" e "Never Be", além dos vídeos bônus "She Looks So Perfect (Undercover 5SOS)" e "Behind the Scenes: Inside 5SOS".

VERSÃO DO GOOGLE PLAY: Inclui "She Looks So Perfect (Acoustic Version)", "Social Casualty", "Voodoo Doll" e "Never Be".

EDIÇÃO EXCLUSIVA DA REDE TARGET: Inclui "Tomorrow Never Dies", "Independence Day", "Close As Strangers" e "Out of My Limit".

EP EXCLUSIVO DA LOJA JB HI-FI: Inclui as faixas "She Looks So Perfect" (Ash Demo Vocal), "She Looks So Perfect" (Mikey Demo Vocal), "What I Like About You", "Don't Stop" (Calum Demo Vocal), "Wrapped Around Your Finger" e "Pizza".

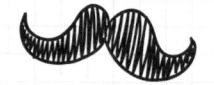

EPS

UNPLUGGED (2012)
"Gotta Get Out"
"I Miss You"
"Too Late"
"Jasey Rae"

SOMEWHERE NEW (2012)
"Unpredictable"
"Out of My Limit"
"Beside You"
"Gotta Get Out"
"Heartbreak Girl"

SHE LOOKS SO PERFECT (2014)
"She Looks So Perfect" (Mikey Demo Vocal)
"Heartache On The Big Screen"
"The Only Reason"
"What I Like About You"

DON'T STOP (2014)
"Don't Stop"
"Rejects"
"Try Hard" (2014 version)
"Wrapped Around Your Finger"
"If You Don't Know"
"Don't Stop" (Ashton Demo Vocal)
"Don't Stop" (Calum Demo Vocal)
"Don't Stop" (Acoustic)

AMNESIA (2014)
"Amnesia"
"Daylight"
"American Idiot" (clean)
"Amnesia" (ao vivo em Wembley)

SINGLES

"Out of My Limit" (2012)
"She Looks So Perfect" (2014)
"Don't Stop" (2014)
"Amnesia" (2014)

MAR DE MÚSICA

Quando o 5SOS estava compondo as músicas para o disco de estreia, os meninos chegaram a dizer que tinha escrito mais de 100 canções! Agora eles avisaram que já começaram a ter ideias e escrever novas faixas para o segundo álbum. Eles passaram por um estúdio em Nashville, nos Estados Unidos, onde trabalharam em algumas músicas — mas esse trabalho só deve sair neste ano.

OS TUÍTES MAIS ESTRANHOS DO 5SOS

CALUM HOOD
@Calum5SOS

O Luke foi assassinado no meu sonho de ontem. Eu matei o cara que matou ele.

↩ Responder ♺ Retweetar ★ Curtir ••• Mais

LUKE HEMMINGS
@Luke5SOS

pfffffff

↩ Responder ♺ Retweetar ★ Curtir ••• Mais

ASHTON IRWIN
@Ashton5SOS

A coisa mais arriscada do mundo é comer um cachorro-quente em um show

↩ Responder ♺ Retweetar ★ Curtir ••• Mais

MICHAEL CLIFFORD
@Michael5SOS

Socorro, não consigo sair do reddit #nerd

↩ Responder ♺ Retweetar ★ Curtir ••• Mais

CALUM HOOD
@Calum5SOS

Nada como a chuva quando você está no espaço sideral.

↩ Responder ♺ Retweetar ★ Curtir ••• Mais

LUKE HEMMINGS
@Luke5SOS

Leite achocolatado no chuveiro, foda-se

↩ Responder ♺ Retweetar ★ Curtir ••• Mais

ASHTON IRWIN
@Ashton5SOS

Não uma porra de um robô...

↩ Responder ♺ Retweetar ★ Curtir ••• Mais

MICHAEL CLIFFORD
@Michael5SOS

Jorts = shorts jeans

↩ Responder ♺ Retweetar ★ Curtir ••• Mais

QUEM ESCREVEU ISSO?

VOCÊ CONHECE O SEU INTEGRANTE FAVORITO DO 5SOS SÓ PELO O QUE ELE ESCREVEU NO TWITTER? VAMOS VER.

😃 ------------------------

Uma moça riu por causa da velocidade que tomei o milk-shake :,(Eu gosto de laticínios, ok

↩ Responder ♺ Retweetar ★ Curtir ••• Mais   RESPOSTA: @ASHTON5SOS

😃 ------------------------

Não tomo banho desde quando eu tinha 10 anos, mas estou tomando um agora

↩ Responder ♺ Retweetar ★ Curtir ••• Mais   RESPOSTA: LUKE @LUKE5SOS

😃 ------------------------

Uma banda que toma banho junta permanece junta

↩ Responder ♺ Retweetar ★ Curtir ••• Mais   RESPOSTA: @LUKE5SOS

😃 ----------------------

Usei shorts no show de hoje... Foi mal

↩ Responder ♺ Retweetar ★ Curtir ••• Mais

RESPOSTA: @ASHTON5SOS

😃 ----------------------

A internet é a melhor e pior coisa que já aconteceu nesse mundo

↩ Responder ♺ Retweetar ★ Curtir ••• Mais

RESPOSTA: @CALUM5SOS

😃 ----------------------

Na noite passada sonhei que o Michael tinha peitos. Foi incrível

↩ Responder ♺ Retweetar ★ Curtir ••• Mais

RESPOSTA: @CALUM5SOS

😃 ----------------------

Nxjcjdenxnkjcndmslqlpxijenwmxkciwhwkcoskxlksncldnndmrnrk é só

↩ Responder ♺ Retweetar ★ Curtir ••• Mais

RESPOSTA: @MICHAEL5SOS

😃 ----------------------

Nunca vou entender por que as pessoas comem tomates... Boa noite

↩ Responder ♺ Retweetar ★ Curtir ••• Mais

RESPOSTA: @MICHAEL5SOS

CAPÍTULO 10

MUITOS, MUITOS PRÊMIOS

★ ★ ★ ★

2014

YOUNG HOLLYWOOD AWARDS (EUA)
Artista Revelação. [Indicado]

WORLD MUSIC AWARDS (MÔNACO)
Melhor Grupo, Melhor Show, Melhor Música (por "She Looks So Perfect" e "Wherever You Are"), Melhor Clipe (por "She Looks So Perfect" e "Wherever You Are"). [Indicado]

MTV TRL AWARDS (ITÁLIA)
Melhor Artista do Mundo, Melhor Artista Novo, Melhores Fãs. [Indicado]

TEEN CHOICE AWARDS (EUA)
Choice Music: Grupo Revelação, Choice Summer: Grupo Musical. [Vencedor] Choice Music: Música Revelação (por "Amnesia"), Choice Music: Música de Grupo (por "She Looks So Perfect"), Choice Music: Grupo. [Indicado]

ROCKBJÖRNEN (SUÉCIA)
Melhor Canção Estrangeira (por "She Looks So Perfect").

NICKELODEON KIDS CHOICE AWARDS (EUA)
Novos Australianos Favoritos. [Vencedor]

MUCH MUSIC VIDEO AWARDS (CANADÁ)
Clipe Internacional do Ano – Grupo (por "She Looks So Perfect"). [Indicado]

MTV VIDEO MUSIC AWARDS (EUA)
Artista Para Ficar de Olho. [Indicado] Melhor Lyric Video. [Vencedor]

KERRANG! (INGLATERRA)
Melhor Novato Internacional Apresentado por Troxy. [Vencedor]

BILLBOARD MID-YEAR MUSIC AWARDS (EUA)
Artista Revelação. [Vencedor]

2013

CHANNEL V (HONG KONG)
Prêmio de Artista Australiano. [Vencedor]

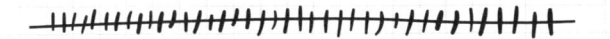

CONHECIMENTOS BÁSICOS

Os fãs do 5 Seconds of Summer têm algumas peculiaridades. Primeiro, são conhecidos como "fam" (em vez de fã). Segundo, a pronúncia da sigla 5SOS deve ser "faivesósse", não "faive és oh és".

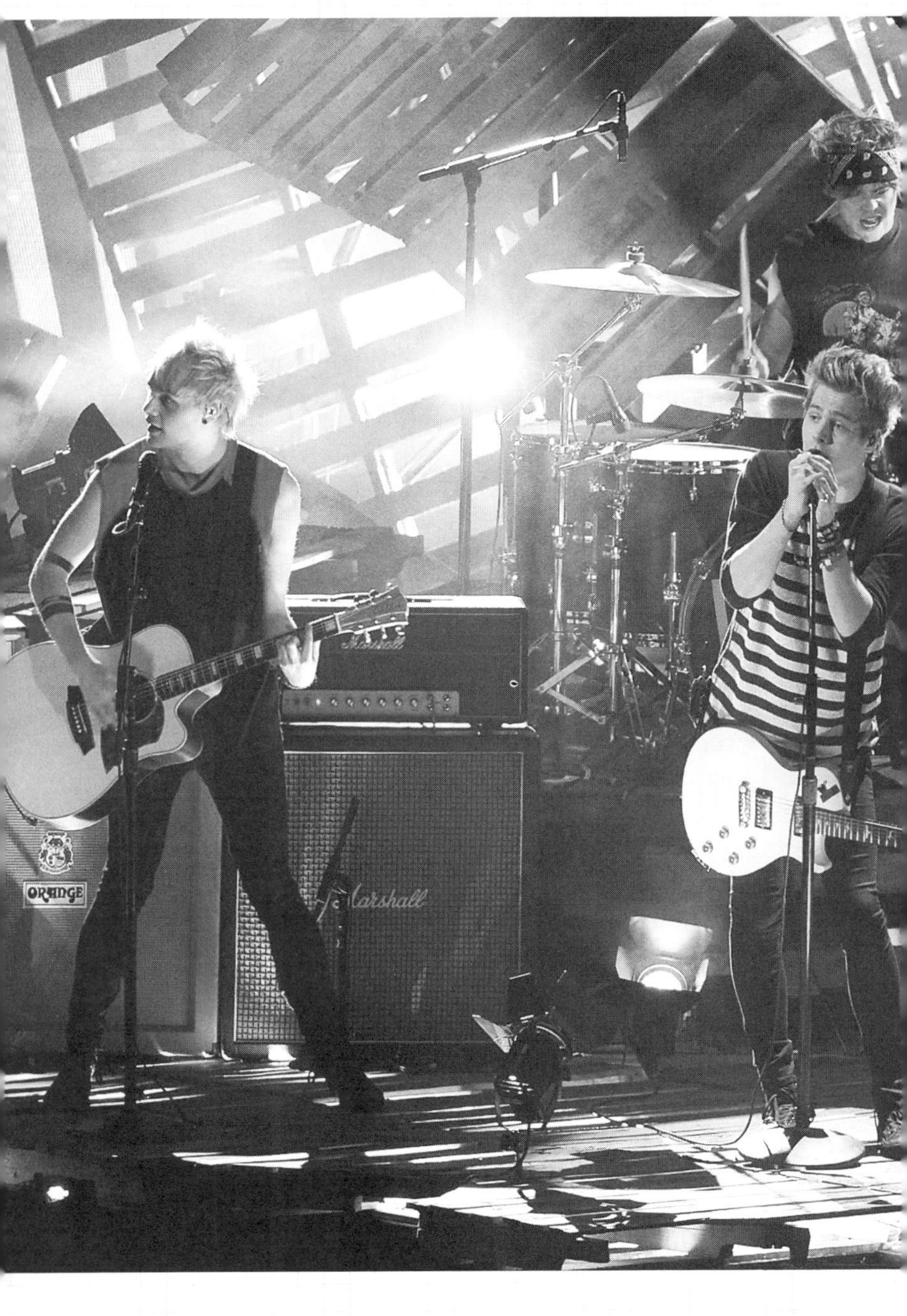
Marshall
Marshall
ORANGE

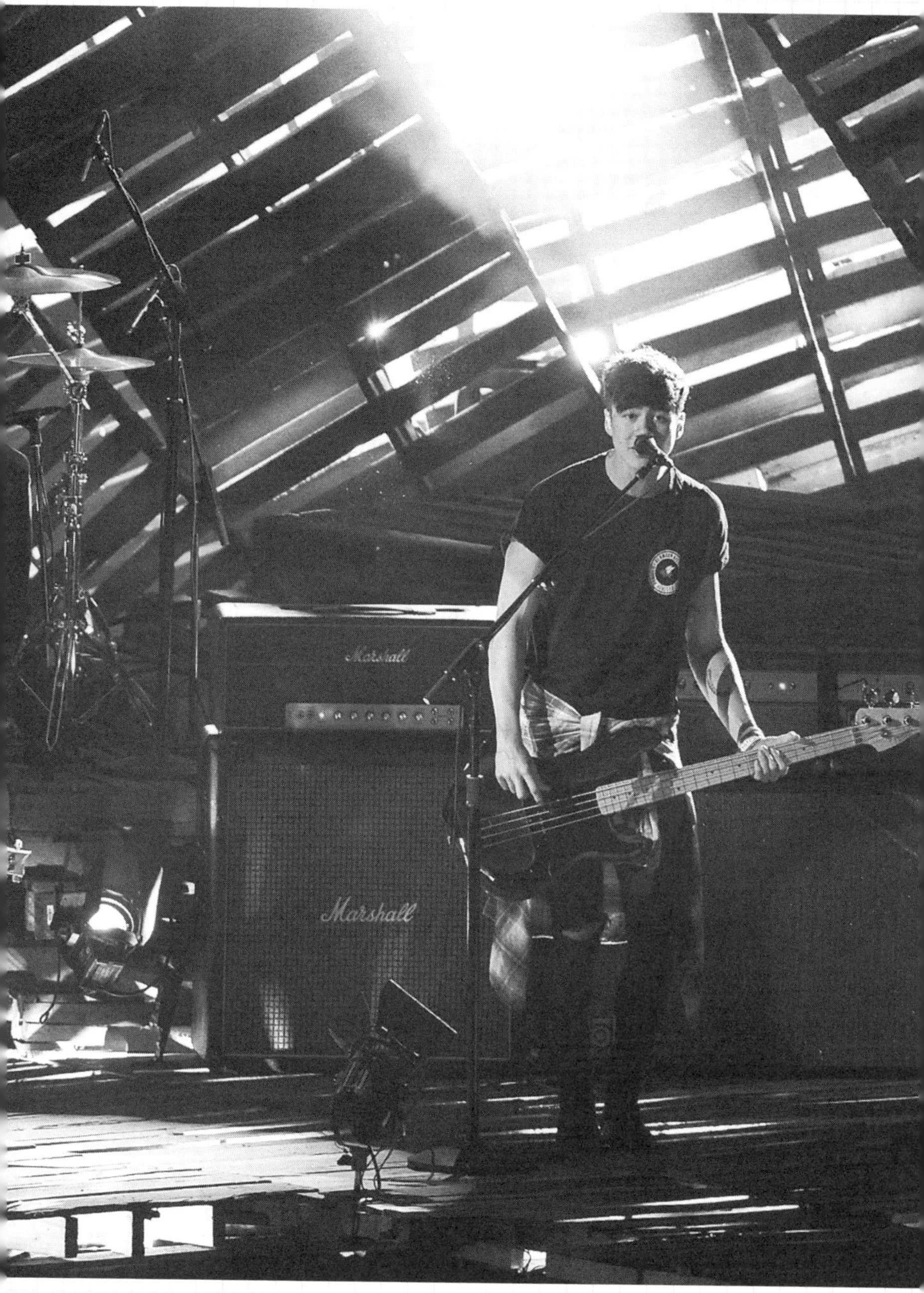
Marshall
Marshall

PUBLISHER
Kaíke Nanne

EDITORA EXECUTIVA
Carolina Chagas

COORDENAÇÃO DE PRODUÇÃO
Thalita Aragão Ramalho

PREPARAÇÃO DE ORIGINAL
Giuliana Alonso

REVISÃO
Giuliana Alonso
Lara Gouvêa
Maria Fernanda Barreto

PROJETO GRÁFICO E DIAGRAMAÇÃO
Marília Bruno

CAPA
Marília Bruno

Este livro foi impresso no Rio de Janeiro, em 2014,
pelo selo Agir. O papel do miolo é
offset 75g/m², e o da capa é cartão 250g/m².